講談社文庫

ヒトイチ　内部告発

警視庁人事一課監察係

濱　嘉之

JN177612

講談社

目次

警視庁の階級と職名

階　級	職　名
警視総監	警視総監
警視監	副総監、本部部長
警視長	参事官
警視正	本部課長、署長
警視	本部課長、本部理事官、署長
	本部管理官、副署長、署課長
警部	署課長
	本部係長、署課長代理
警部補	本部主任、署上席係長
	本部主任、署係長
巡査部長	署主任
巡査長※	
巡査	

警察庁の階級と職名

階　級	職　名
階級なし	警察庁長官
警視監	警察庁次長、官房長、局長、各局企画課長
警視長	課長
警視正	理事官
警視	課長補佐

※巡査長は警察法に定められた正式な階級ではなく、職歴６年以上で勤務成績が優良なもの、または巡査部長試験に合格したが定員オーバーにより昇格できない場合に充てられる。

警視庁本部主要組織図

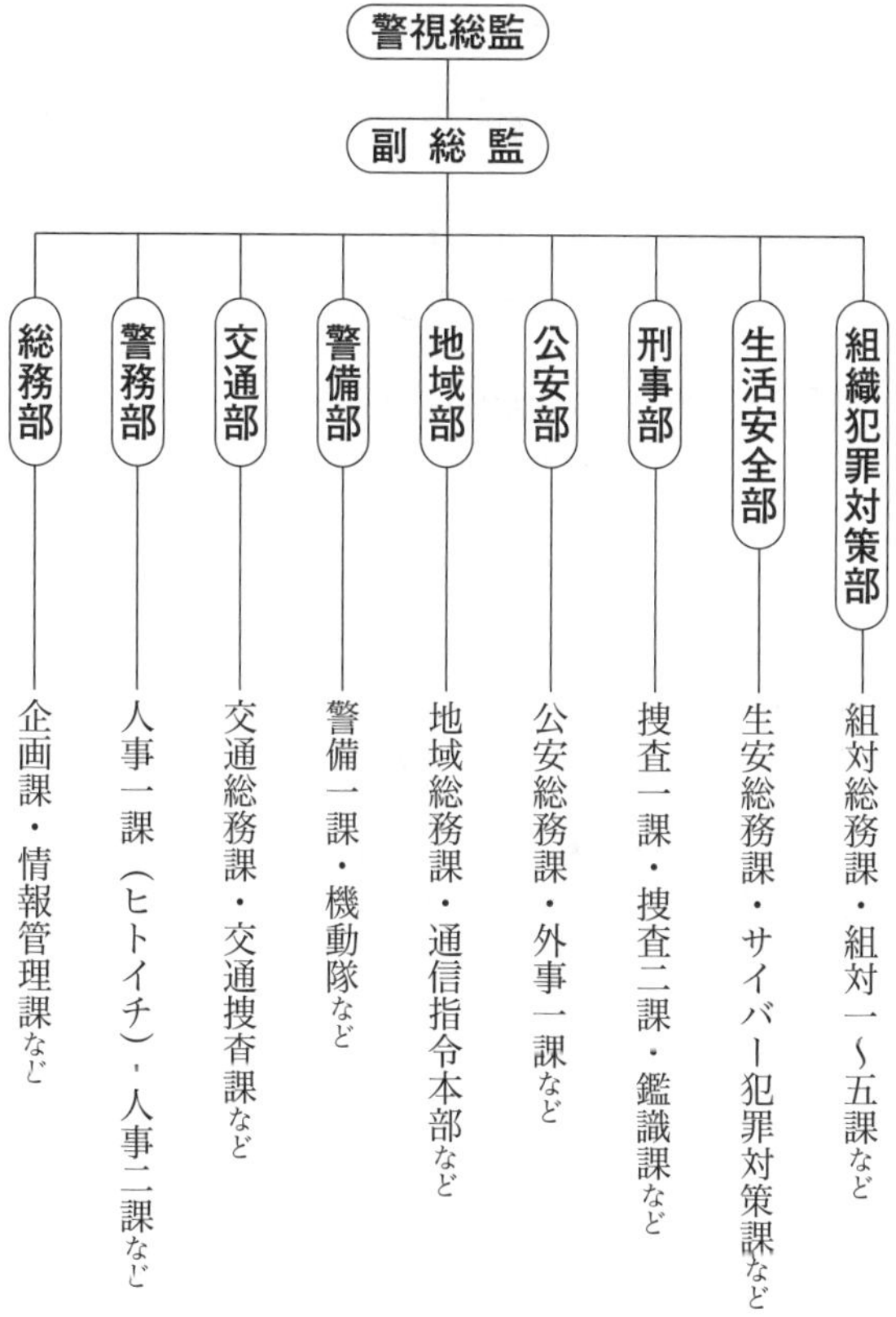
警視総監
副総監
総務部
企画課・情報管理課など
警務部
人事一課（ヒトイチ）・人事二課など
交通部
交通総務課・交通捜査課など
警備部
警備一課・機動隊など
地域部
地域総務課・通信指令本部など
公安部
公安総務課・外事一課など
刑事部
捜査一課・捜査二課・鑑識課など
生活安全部
生安総務課・サイバー犯罪対策課など
組織犯罪対策部
組対総務課・組対一～五課など

◉主要登場人物

榎本博史…………警視庁警務部人事一課監察係長

兼光将弘…………警視庁警務部参事官兼人事一課課長

奥瀬忠邦…………警視庁警務部首席監察官

泉澤修司…………警視庁警務部人事一課監察係主任

時枝雄一郎………警視庁交通部部長

時枝公一…………警視庁総務部企画課主任

島崎堅郎…………警視庁公安部公安総務課課長

安森真人…………警視庁公安部公安総務課課長

中嶋格……………警視庁公安部公安総務課管理官

山下直義…………警視庁公安部公安総務課係長

光野洋平…………警視庁戸塚署交通課交通捜査係長

野々村明美………六本木「エキゾチック」の女

兼村誠治…………スターライト事務所マネージャー

池橋陽一…………警視庁小笠原署刑事課刑事係長

小松泰平…………警視庁小笠原署署長

大脇雅彦…………警視庁小笠原署刑事課主任

田川誠吾…………警視庁警務部人事一課制度調査係主査

菜々子……………榎本の婚約者

ヒトイチ　内部告発

警視庁人事一課監察係

第一章　身代わり出頭

「警視庁から各局。戸塚管内交通人身事故入電中、西早稲田三丁目近い局」

通信指令本部から警察無線が流れた。緊急配備である。戸塚署管内で人身事故が発生した。

「戸塚一はPS（警察署）から」

パトカー「戸塚一号」が応答する。

「警視庁了解。戸塚一号は現場へ。現場、西早稲田三丁目五番〇〇号。車両が横断歩道上の歩行者をはねたもの。目撃者からの通報。なお、事故当事者車両は現場から逃走の模様。現在時、同所中心の五キロ圏緊急配備を発令する。車両は白色ステーションワゴン。ナンバー不明。右前部に凹損痕がある模様。回信を取る。戸塚どうぞ」

「戸塚了解。担当上野」

「警視庁了解。以上警視庁」

「戸塚から戸塚一宛、被害者の救護を最優先とするも、目撃者を確保の上、逃走車両の詳細を即報せよ。なお、現時点、交通捜査も出向」

「戸塚一了解」

「西早稲田PB（交番）中村からPS宛、現着。どうぞ」

「中村PM（警察官）は現着。戸塚了解。被害者の状況はいかが。どうぞ」

「了解。被害者の意識あり。早稲田大学の学生、二十一歳女性。ただし起き上がることができず。一一九番はいかが。どうぞ」

「一一九番は一一〇番から転送済み、どうぞ。なお、聴取は可能か。どうぞ」

「そのとおり。ただし、痛みがひどい様子で最小限度の会話は可能。大学から水稲荷神社への信号機付き横断歩道を渡る途中で、信号無視をした車にはねられたもの。どうぞ」

「了解。目撃者は確保できたか。どうぞ」

「野次馬は集まっていますが、通報者と思われる目撃者は発見に至らず。どうぞ」

「通報者、目撃者は発見に至らず。PS了解」

救急車とパトカー戸塚一号が現着した。

戸塚一号の乗務員、巡査部長の下村《しもむら》が巡査長の中井と被害女性のそばに駆け寄る。

「すぐに病院に搬送しますから安心して下さい。その前にあなたの名前がわかる物をお持ちですか」

「学生証があります」

女性はか細い声で答えて手提げバッグの中を示した。

「失礼して、中を見ますよ」

下村がバッグの中を覗くと、数冊の本と財布が入っている。

「財布の中ですか」

「はい」

財布には、いくらかの現金とキャッシュカード、運転免許証や会員証などがきれいに入れられていた。早稲田大学の学生証もある。

「運転免許証と学生証を拝見しますよ」

下村がメモ板の記録紙にメモを始め、中井に目撃者を探すよう命じる。

無駄のない動きで救急隊がストレッチャーを救急車から降ろす。負傷部位を確認しながら脈拍を計り、素早くストレッチャーに女性を乗せる。

「坂本亜希子《さかもとあきこ》さん。あなたをはねた車を覚えていますか」

「……白いワゴン車で、男の人が運転していたような気がします。確か、ボルボだったと思います」

「ステーションワゴンかな。あなたをはねた後、運転者は車から降りてきましたか」

「いいえ。一旦は停まったのですが、すぐに急発進してあっちの方に走って行きました」

新目白通りの方向を指した。

「車のナンバーは見ましたか」

「品川ナンバーで、最後が7だったと思います」

下村は力強く頷いた。

「ひき逃げ犯人は必ず捕まえます」

下村は救急隊員から搬送先を聞いてから、現場の人だかりに向かって叫んだ。

「事故の目撃者の方はいませんか！　この中に一一〇番通報した方はいらっしゃいませんか」

誰も手を挙げない。

間もなく交通捜査係の事故処理専用車両が到着した。

「長《ちょう》さん、マル目（目撃者）は出てこないの」

交通捜査係長の警部補、光野《みつの》が下村に訊いた。

「はい、まだ。通本（通信指令本部）に問い合わせれば発信者はわかるでしょうが」

と下村。

「通本からの続報によると、加害車両は赤信号無視だったというマル目情報もある。早めに確保しよう。現場保存の措置を取る必要があるな」

「当面は規制線を張りますよ」

「搬送先は」

「戸山の救命救急センターのようです」

「珍しく受けてくれたな」

「被害女性は運がよかったですね」

二人は頷き合った。

「横断歩道から三メートル飛ばされているということは、時速四十キロ程度か。このブレーキ痕がそうかな」

光野は横断歩道上に残ったブレーキ痕を指した。

「ぶつかる直前に歩行者に気付いた、そんな感じだな」

下村も同意する。

「居眠りですかね。ここは見通しのよい交差点ですが」

「わき見だろうな。でも、どうやったらこの信号を見落とすんだ。どんだけよそ見していやがった」

光野はブレーキ痕を写真撮影する巡査部長の様子を見た。捜査員が粘着テープでタイヤゴムを採集している。

「うまいものですね」

下村は感嘆した。

「これでタイヤのメーカーや型番がわかる」

「科学捜査の世界はどんどん進歩していますね」

「ところで、事故車両はボルボで間違いないのか」

「マル害がそう言っていました」

「ボルボのステーションワゴンは形に特徴があるし、見間違えないかな。ただ頑丈過ぎるんで、車両事故が起きたとき、事故の痕跡を現場に残してくれないという警察泣かせの車でもあるんだ」

　下村は、なるほどと現場を見渡す。

「目立ったガラスの破片もありませんね」

「塗料片もなかなか残らない」

「厄介な車ですね」

「車の安全性が高まることはいいことだ。今回はタイヤ痕が頼りかな」

「犯人を追い詰めることはできるんですか」

　腕組みする光野に下村がそっと尋ねる。

「もし、被害者の記憶が正しく、車両がボルボだったとすれば、数十分で車の所有者に辿り着くと思う。タイヤ痕が一致すれば即決だ。周辺の防犯カメラをチェックすれば、運転者はすぐに特定できるさ。特にここは早稲田だから、防犯カメラとNシステムは万全だ」

「防犯カメラはわかりますが、Nシステムが万全なのはなぜですか」

「極左対策だよ」

「なるほど……」

「早稲田大を根城にしている危険な団体だってあるんだ。ここに限らず、大学周辺にはNシステムが設置されている場所が多い」

「それは交通捜査係の常識なんですか」

「公安からの情報だ」

「公安ですか。どうも好きになれなくて」

「まあ、そういうな」

「……公安の方々は、うちらとは口きいてくれませんから」

「長さんから、話しにいけばいい。うちのオヤジ（署長）は歴代、公安と決まっている」

「戸塚管内に早稲田大があるからですね」

東大がある本富士署と目黒署、慶応がある三田署の署長は全員公安部出身である。

「かつて、本富士と目黒の署長はキャリア専用席だったんだが、最近はノンキャリと交互に就くようになったんだ」

「光野係長、詳しいですね」

「俺だって巡査の時は公安講習に行ったんだよ」

「それで、今どうして交通なんですか」

「講習成績が悪かったからだよ」

光野がぼやく。

公安講習に行くことができるのは、各階級の成績上位十パーセント以内である。その中で警視庁本部の公安部員になれるのは十パーセントだ。

「でも交通課のエースですよね」

「馬鹿言え。実績が出ないから交通捜査に行かされた俺がか。交通捜査は激務中の激務。誰が好んで行くもんか」

「そんなことないと思います」

光野は首を横に振ると、目を細めた。

「ただ、交通っていうのも案外奥が深い。ハマると抜け出せなくなる。交通事故は都民にとって、もっとも被害者になりやすい身近な犯罪だろう」

「犯罪ですか？」

下村は思わず聞き返す。

「人身事故を起こした時に適用される罪は何だ？」

「業過ですか」

「これまでは業務上過失致死傷罪、今では過失運転致死傷罪だ。つまり、人身事故を起こすということは犯罪とイコールなんだよ」

「そうか……今の今まで、全く気付きませんでした」

「そこに犯罪があるから、捜査する。だから交通捜査なんだよ。特に今回のようなひき逃げ事案はもっとも忌むべき犯罪だ」

　下村は何度も頷いた。


　戸塚署に戻った光野は本部の情報管理課管理官からの伝言を聞いた。

「照会の件で電話をくれということでした」

「照会？　俺がいつ照会したというんだ」

「今日のひき逃げ事件のことじゃないですか。捜査主任官が光野係長になっていますから」

　光野はメモを見ながら、総務部情報管理課の平尾に電話を入れた。

「電話をもらって悪いな。いや今日、照会があった白色ボルボの件。その所有者に該当する可能性のある面々の中に当庁幹部の名前が出てくるんだよ」

　平尾は低い声で言った。

「えっ、幹部の」

「しかも時枝雄一郎《ときえだゆういちろう》交通部長だ」

「うちの部長……」

咄嗟に光野は何と言っていいのかわからなかった。

警視庁本部の九つの部長ポストのうち、ノンキャリポストは二つか三つ。このうち、地域部長はノンキャリポストで、交通部長と生活安全部長、組織犯罪対策部長はキャリアとノンキャリがほぼ交互に就いている。時枝交通部長はノンキャリの星だった。

「車両は白色ボルボ、品川ナンバーで、ナンバーの末尾が7。その条件に該当するのは四件あった。だから、まだ交通部長の車と決まったわけではない。運転者の特定はできたのか」

「いえ、まだ捜査中です」

「ミラーやライトなどの破片は出てないのか」

「今のところ手がかりはタイヤ痕のみです」

「タイヤ痕でどこまでわかりそうだ」

「もし、痕跡が同一と確認できれば、次の策があります」

光野は防犯カメラやNシステムのことは告げなかった。情報管理課にそこまで伝える必要がないからだ。

「万が一、時枝交通部長の所有車両であった場合、こちらに即報してもらえないか」

光野は一瞬口をつぐんだ。

「それは捜査情報の漏洩に当たりませんか」

「何を言っているんだ。組織防衛のためだ」

光野はその言葉に弱かった。それだけ警察組織に愛着があった。

「わかりました。内々にお知らせいたしますので情報管理をよろしくお願い致します」

電話を切ると、光野は下村巡査部長と共に防犯カメラのチェックを行った。現場周辺を洗い出すのだ。

光野は管内の道路に向けて設置されている防犯カメラの確認をした。さらに公益財団法人東京タクシーセンターを通じて、事故発生時間帯に近辺を通行したタクシーの、車載カメラの画像提供を依頼する。

公益財団法人東京タクシーセンターは、タクシー業務適正化特別措置法に基づき、公正中立な第三者的立場から東京特定指定地域に事業所のあるタクシーのサービス向上と利用者の利便確保を行うために設けられた団体である。その前身は財団法人東京タクシー近代化センターだ。現在でも古株のタクシー運転手の間では、タクシーセンターへ上がった苦情のことは「近セン問題」と呼ばれている。

「捜査というものは九割が無駄足」

ことあるごとに若手にそう言い聞かせてきた光野である。自ら捜査する場合も、その言葉をかみしめながら、一件一件画像データをしらみ潰しにチェックしていった。

「写っているな」

光野と下村は三件の動画を記憶媒体にコピーすると、直ちに警視庁本部の交通捜査課に送った。

警視庁の画像解析技術は世界でも指折りである。特に顔認証システムに追加された3D画像解析によって、認証率は格段に進歩した。平面よりもずっと全体像を把握しやすい。

「画像から、白色ボルボの完全登録ナンバーがわかりました。末尾は7で間違いありません。これから運転者の顔認証を行います。運転免許証台帳の写真の顔と画像に写っている顔を照合します」

交通捜査係は積極的に動いた。ひき逃げほど卑劣な事件はないという、交通部に所属する者に共通する心理が働くためだった。

「車両の所有者が確定しました。東京都港区三田一丁目〇番〇号　時枝雄一郎」

そこまで言って、声が止まった。

「……係長、本当にこの車で間違いはないのですか」

担当者が恐る恐る尋ねる。

「やはり時枝交通部長の所有車両か」

「ご存じだったんですか」

「情管の管理官からその可能性があると報告を受けていた。ところで、事故当時の運転者は分かったか」

「解析中です……あ、出ました。時枝公一《こういち》」

時枝交通部長の長男だった。

「おいおい、参ったな」

時枝公一は総務部企画課勤務の警部補である。

「しかし警察官がひき逃げなんかしますかね」

「同乗者がいたと思うが、そっちの情報は。顔画像から判断できないか」

「照合はしましたが、運転免許証台帳に登録されている画像とは一致しませんでした。画像から一見したところシロウトではなさそうですが」

「ウォータービジネスってことか」

水商売系の女性かと光野は聞いたのだ。

「そっち系より、もっと化粧がどぎつい感じです。これから時枝公一を呼び出すのですか」

「車両を確認することが先決だ。万が一、時枝が事故を起こしていた場合、証拠隠滅のために、さらに別の事故を起こして車に傷をつけるかもしれない」

「警察学校で余計な知恵をつけていれば、あり得ますね。ただし交通捜査の手にかかれば、どのような隠蔽工作を行ったとしても隠しおおせるものではないことだって、本人はわかっているでしょう。ところで、時枝公一の家族構成を調べるには、人事二課を通すしかないでしょうか」

「あとは企画課の庶務かな」

「所轄としては、事故を解明するために粛々と捜査を進めるしかありません」

「余計な忖度《そんたく》は不要だ」

光野が捜査報告書を作成していると、署の受付から電話が入った。

「今、交通事故を起こしたという方が出頭してきています。どなたか対応していただけますでしょうか」

出頭してきた——光野は一瞬の胸騒ぎを抑えて作業を打ち切ると、直ちに受付に向かった。

受付には再雇用の係員が座っていた。光野の顔を見るや立ち上がる。

「光野係長、当事者は『人身事故を起こしたようだ』と言っているんですが、気が動転しているようです。今、トイレに行きました。じきに戻って来ると思います」

「男でしたか」

「いえ、女性です。服装や化粧の仕方から、シロウトではありませんね。風俗店で働いているような雰囲気というか」

トイレの方からハイヒールが床を鳴らす音が聞こえたので、二人は顔を向けた。

「あの女性ですよ」

「なるほど。ここまで香水の匂いが漂ってきますね」

動転しているだろうか。光野には女が落ち着いているように見えた。

「人身事故を起こしたというのはあなたですか」

光野は女と視線を合わせた。

「起こしたのかどうかは分かんないです。何かに当たってしまったのかなって感じです」

「いつ頃、どこで、ですか」

「二時間くらい前かな。早稲田の裏の道を新目白通りに向かっている交差点で」

「その交差点には信号機はついていましたか」

「私は青信号で直進したつもりだったんだけど、突然、人が出てきたような気がして」

「歩行者はどちら方向から出てきたのですか」

「左側だったと思うけど、よくわからない」

「あなたは脇見運転でもしていたの」

「いや、よくわかんない。ぶつかっていないかも知れないいんですけど」

「その場で停車しなかったのですか」

「一応止まって、周りを見たんだけど、人が見えなかったから、気のせいかなって」

あわてる素振りもなく他人事のように答える女である。

「確かに人身事故は発生しています。被害者の方は病院に運ばれて現在措置中です」

「あ、そうなんだ」

光野は軽く鼻から息を吐いた。

「受付で立ち話も何ですから、交通課でお話を伺います」

光野はひき逃げ事件の容疑者に対して、あくまで丁寧なものの言い方をした。交通課の取調室に女を入れると、交通課長と課長代理の了解を取って交通執行係の女性警察官を立ち会い要員として要請した。課長と代理にはまだ時枝交通部長の話はしていなかった。

立ち会いに来たのはこの春に卒業配置になった女性巡査だった。

「ひき逃げ事件の容疑者というのは、本当なんですか」

女性巡査は取調室の外で光野に尋ねた。その目には抑えきれない好奇心が浮かんでいる。

「まだ容疑者だ。あといいか、ここで見聞きしたことは一切外部に漏らしてはいけない。一切駄目だぞ」

光野は言外に意味を込めて言ったが、若い女警には理解できないだろう。改めてもう一度、

「いいか、絶対に誰にも言うなよ。事の重大さはすぐにわかる。容疑者の前では考えていること、思っていることを顔に出さないように。いいな」

女性巡査は表情を固くして、こくりと頷く。容疑者が何か重大な事案に関連する

ことを悟った様子だ。

「心して立ち会わせていただきます」

二人の警察官は取調室に入った。

光野は容疑者の正面に座る。

「もし、あなたが本当に人をはねていたのならば、あなたはひき逃げ事件の容疑者ということになります。その点は理解していますね」

「えっ、だって逃げてないじゃん。こうやって自分から警察に来たのに、どうしてひき逃げになんの」

「あなたは運転免許を取得する時に習ったはずです。事故を起こした際には被害者に対する救護義務というものが発生するのです。あなたはそれを怠《おこた》った」

「そんなことを言ったって、ぶつかったのが人だとは思わなかったもの」

「事故の目撃者もいるのですよ。あなたは車を降りて周囲を確認する義務があったにもかかわらず、それをしなかった」

女は細い眉を寄せた。一転して、泣き出しそうな表情になる。交通人身事故を起こした女性加害者によくある態度の変化である。光野は冷静に女の様子を眺めた。

女性巡査も光野の背後から真剣なまなざしで女を観察していることだろう。

女は何十秒かの間、黙って目を閉じていた。

「まず、氏名と生年月日を言って下さい」

「野々村明美《ののむらあけみ》。平成二年十月十一日生まれ」

光野は素早く手元のパソコンで総合照会を行った。運転免許証は保有していた。すぐに運転免許証台帳を検索して顔写真と照合したが、防犯カメラの画像とは似ても似つかぬ顔になっていた。どうりで画像検索結果が不一致だったわけである。

「誠に失礼なことを聞くけど、あなた最近、整形手術かなにかした」

「去年、韓国で手術を受けました」

「そうか。運転免許証の顔写真からだいぶ変わっているから」

目や鼻の形だけでなく、顎《あご》の輪郭までまるで別人である。

「まず所持品から見せてもらおうかな。今、持っているものを全てこのデスクの上に出してもらえる」

「え、なんで」

「今日はあなた、家に帰れないだろうからね。警察に泊まってもらうことになるでしょう」

「いきなりですか？」

女は哀願するように言った。

「野々村さん。道路交通法の中でも、ひき逃げというのは最も重い罪の一つなんだよ」

「やっぱり私はひき逃げ犯になるのですか」

「事故当時、あなたが運転していて、被害者の方をはねていたのならば間違いなくひき逃げになる。ただ、今はそれが事実かどうかを確認しなければならないからね。一つ一つ確かめる必要があるんだ」

「どうやって確かめるの」

「車を確認するところからだね。それよりも、さあ、所持品を全部出して」

女はハンドバッグの中身をデスク上に広げた。財布、携帯電話、化粧ポーチ、鍵の束、タバコ、丸まったレシート。

「この中から運転免許証を出してくれるかな」

財布の中を探って女は免許証を差し出した。

「住所に変更はないかな」

「住所は変わっていますが、まだ届け出ていません」

「いつ変わったの」

「去年の今頃」

「現在の住所を教えてくれるかな」

「港区元麻布三丁目〇番〇号　パーク麻布一一〇一」

「職業は」

「飲食接待業です」

「勤務先は」

「六本木三丁目〇番〇号ティアラ六本木ビル内のエキゾチックという店。クラブです」

「名刺は持っていないの」

「名刺は店のロッカーにある。外では営業しない主義だから」

パソコンに野々村明美の総合照会の結果が出た。前科履歴はないようだ。

「ところで事故当時の車だけど、あなたの車ですか」

「いえ、知り合いの車です」

「持ち主の名前を教えてください」

「時枝さん」

「フルネームで言ってくれるかな」

「フルネームは知らない。どこかの御曹司っぽいけど」

御曹司ねえ、そら立派ですわ。光野は心の中で毒づいた。

「今日は彼と一緒じゃなかったの」

「途中まで一緒だったんだけど、一旦彼を早稲田駅近くで降ろして、私一人になった時に事故ったみたい」

「事故を起こした時にはあなたは一人だけだったんだね」

女はひとつ頷いた。光野は慎重に女の様子を観察しながら次の質問を投げる。

「今、その車はどこにあるんだ」

「時枝さんに返した」

「いつ」

「ここに来る前」

「事故のことは話したの」

「一応話したけど、車に傷はついていなかったから『気のせいじゃないのか』って。『でも、とりあえず警察に行ってみた方がいいだろう』って言われたから来たの」

「車を確認したいんだけど、時枝さんの連絡先は知っているよね」

「知っているけど、迷惑を掛けたくないし」

「彼には協力する義務があるんだよ。連絡先を教えてもらおうか」

「携帯電話に入ってる」

「私が掛けるから、携帯電話を借りるよ」

光野が手を差し出したが、女は携帯をひったくった。

「ダメよ。私のプライバシーだから」

「では私の前であなたが携帯を操作して連絡先を表示させてください」

目の前で時枝の個人情報を消去されるのが怖かったので、女の動作の一部始終をPフォンで撮影した。女が表示したスマートフォンの画面にはたしかに「時枝さん」としか名前が入力されていない。苗字と携帯電話番号以外に載っている情報はなかった。

光野はPフォンに時枝の携帯番号を表示させた。すでに保存してあった。女の登録内容と照合してからその場で電話をかける。

「もしもし」

訝《いぶか》しげな時枝の声が聞こえた。

「私は警視庁戸塚署の交通捜査係長の光野と申します。失礼ですが野々村明美さんという方をご存知でしょうか」

「はい」

「今日、彼女に車をお貸しになりましたよね」

「ええ、短時間貸しましたが」

「その車で彼女が人身事故を起こした可能性が高いのです。その車を見分したいと思いましてご連絡差し上げました」

「人身事故？　被害者の方のご容態はいかがなのですか」

「重体とだけお知らせしておきます」

時枝が息をのんだ。

「ところで、あなたは時枝さんとだけ、名前を聞いておりますが、フルネームを教えていただけますか」

「時枝ナオヤと申します」

「企画課警部補の時枝公一主任で間違いありませんね」

「……………」

馬鹿な真似は即刻やめるんだ。光野は部下を諫《いさ》めるような気持ちで応答を待った。

「は、はい。すみません、間違いありません」

「車はお父様名義ですが、普段はあなたが使っていらっしゃるのですか」

「はい……。すでに父にも報告が上がっているのですか」

「まだ何とも申し上げられません。所有者と使用者が異なる場合には、その経緯についてお尋ねするのが通常であることをご理解下さい。その車両に関してですが、現在どこにありますか」

「恥ずかしながら、先ほど私が物件事故を起こしてしまったんです。今、修理工場に持っていっています」

光野は心の中で舌打ちをした。

「事故を起こしたのはいつのことですか」

「三時間ほど前のことです。野々村から池袋駅で車を返してもらった矢先、池袋の大ガードをくぐったところで単独の物件事故を起こしてしまったのです」

「ぶつけた個所はどのあたりですか」

「右前部のフェンダー部分です。フェンスにぶつかりました」

「池袋署に届けていますか」

「はい、行きました。現場は地域課のＰＣ（パトカー）に確認してもらい、物件事故報告書を作成してもらいました」

「自動車修理業者はどこにあるのですか」

「自宅近くの以前から付き合いのある『ブルーリペア』さんです」

「修理に出すのが随分早いですねえ」

光野は思わず皮肉を込めた。

「早く修理に出すのは当然のことでしょう。物は大切にしたいですから」

憎たらしいことを言ってくれる。

光野はこの口ぶりで時枝が証拠隠滅を図っていると確信した。つまり、迅速かつ徹底した捜査が必要だった。

「一台の車両が二人の手によって数時間のうちに二度の事故を起こすことは極めて珍しいことです。しかも車の同じ箇所をぶつけた可能性が高い。交通捜査係の経験則に照らして、不思議で仕方ありません」

これに対して時枝は何も言葉を発しなかった。修理業者「ブルーリペア」の所在地と電話番号を聞き出し、光野はすぐに次の手を打った。

杉並区にある「ブルーリペア」は井ノ頭通りに店を構えていた。整備が行き届いた店内を見渡す。作業員もきびきびと働いていた。

「うちは高井戸警察と荻窪警察から車の修理を任されています。指定業者なんです」

代表者はベテラン修理工のような痩軀《そうく》の男だった。自分の店に自信と愛着を感じているのがわかる。

「時枝公一さんとは長いお付き合いなんですか」

光野は男の年季の入ったキャップに目をやった。

「オヤジさんが高井戸署の署長をやっていたからね。当時は捜査用にいろんな車を貸しだしたもんです」

公一の父親、雄一郎のキャリアは順調そのものだった。長かった公安部での評判も高く、有能だったからこそ、ノンキャリの星として部長ポストに就いた。

「交通部長ともご面識があったのですね」

「息子はオヤジに比べれば甘ちゃんだが、まだ二十代だろう。若いうちはそれくらいでいいと思いますよ。車も好きみたいで」

代表者は車愛好者仲間を可愛がるように言った。

「ところで、車を見分したいのですが」

「この裏のリフトに載っているよ。案内しよう」

ガレージの裏手には同時に二台をチェックすることができるように、ダブルパスカルリフトが並んでいる。

「どうしてこのように二台並びになっているのですか」

「まあ、改造用だね。右の車のパーツを外して隣の車の同じ部分に取りつけるには便利でしょ」

「改造ですか」

「まあ、修理とか。うちのお客にはレース関係者も多いんだ。レース仕様車の多くは一般道を走ることができないから、行き帰りの一般道はトレーラーに載せて運ぶんだよ。ちょっと修理するだけでも大変なんだ」

「ところで、時枝さんの車がこれですね」

二つ並んだダブルパスカルリフトの手前側に、真新しい白色ボルボのステーションワゴンが置かれていた。

「右前部分をやっちゃったんだよ。擦過に近い衝突凹痕だ」

「確認させてもらってよろしいですか。なんなら、捜索差押許可状を申請しますが」

「警察とは古い付き合いだからいらないよ。だけど、物件事故にしては大袈裟《おおげさ》だね」

店の代表者がそう言うのも無理はない。光野が四人もの部下を店に引き連れてきていたからだ。

「実は物件事故の前に、この車が人身事故を起こした可能性が高いんですよ」

店の代表者の顔が曇った。

「それ、公一君がやったの？」

「いいえ。車を貸していたようで、その相手が」

「公一君は人身事故を起こした車を返してもらった後、自分でも事故ったってわけ？」

店の代表者が首を傾げながら、苦い顔をする。

「何か気になることでも」

「このボルボ、タイヤが新品に換えられていたんだよ。車を買ったのは半年前ということだから、交換には早すぎる。事故と関係なきゃいいけど」

走行データを解析する必要がありそうだ。事故車のナビゲーションシステムに専用アダプターを接続しながら、光野は係員に指示を出した。

「池袋からここ『ブルーリペア』に来るまでに、どこでタイヤを換えたか調べよう。本部の交通捜査課に依頼してくれ」

事故車の走行データはすぐに交通捜査課に転送され、解析が行われた。走行データは警視庁のＤＢ（データベース）マップに接続されて、数十秒でタイヤ販売店の場所を特定した。

「係長、すぐにこちらの遊軍を現場に急行させます」

本部の交通捜査課は迅速に対応した。

「さて、事故車両の見分に取り掛かりましょうか」

光野と係員たちは事故車を調べたが、洗車もされているのか証拠物は見当たらない。

「何も見当たらないですね」

「頼みはタイヤ痕だけか」

交通捜査課の若林《わかばやし》は移動途中の車両内から、当該タイヤ販売店に問い合わせを済ませていた。

「危うく事故車のタイヤが転売されるところだったぜ」

若林は巡査部長の藤野に告げる。

「へっ、早くも？」

「タイヤ販売店は古物商も兼ねているからな。動きは速い。出物はすぐにオークションに出される。処分したと見せかけて裏に回す業者もいるからな。特に事故ったタイヤは、海外輸出向けの車両用に使ったりね」

「とんでもない話ですね」

「あと三十分遅ければ、ボルボのタイヤも海外向けに販売が決まるところだった。そうなったら追跡不可能だ。ところで、事故車両の所有者はうちの部長らしいな。マル物（物件事故）の一当（第一当事者）は、うちの部長の息子で警部補だというが、何を隠そうとしているんだろう」

　第一当事者とは事故を起こした者を指す。

「ちょっと問題ですね」

「警部補がひき逃げ、そして証拠隠滅工作かい」

「ただの車両事故なら、我々の世界でも頻繁に起きていますが、ひき逃げなどあり得ませんよ」

「何か裏があると考えた方がいいかな。ひき逃げ犯が現交通部長の息子だったら、大事《おおごと》だぞ」

　若林がタイヤ販売店に到着したのは、光野から連絡を受けてからものの数十分。

「交通捜査課の若林です。電話で問い合わせたタイヤを見せてもらえるか」

『ダッシュタイヤ』の店長はぺこぺこ頭を下げながら、若林を案内した。

「帳簿への記載、もしくは伝票は取っているんだろうな」

「受け入れ伝票だけで、仕入れ先は担当がミスして記載し忘れたようです」

店長はすんません、すんませんと繰り返す。

「はっ？　話にならないじゃないか。どこからタイヤを仕入れたのか分からないというのか。それは古物営業法違反だろう」

古物営業法第十六条では、古物の売買等を行った際には帳簿等への記載が義務付けられており、これに違反した場合には同法第三十三条で六ヵ月以下の懲役または三十万円以下の罰金という罰則規定がある。

「確かにそうなんですが、お客が車の修理を急いでいたので、運転免許証で本人確認をしただけで処理してしまったんです」

「タイヤを持ち込んだのが、どこの誰かもわからないのか」

「いや、すんません。一応、防犯カメラで撮ってますんで、確認はできるかと思います」

「所轄の生活安全課には連絡しておくからな」

若林は厳しい目で店長を睨んだ。

「それは……」

「これが盗品だったらどうするんだよ。贓物罪《ぞうぶつざい》だぞ」

「キャップ、今は盗品等関与罪に名称が変わっています」

横から部下の藤野が若林に口添えする。

「そうか。それよりまず防犯カメラの画像を見せてもらおうかな。万が一、写っていなかったらすぐにパクるぞ」

店長は慌てた顔で事務室に二人を案内した。

「これが防犯カメラの撮影画像です。カメラは十二台あります。おそらくこの辺りのカメラに写っていると思います」

十二分割されたモニターを若林は覗き込んだ。

「数時間前のことだ。対応した者を連れてきて説明してもらおうか」

「対応したのは私なんです。すぐに画像を出しますから」

店長がモニターにタッチすると、十二分割されていた画面の一コマが拡大された。防犯カメラの本体アンプを操作しながら画面を早送りしたり早戻ししたりする。

間もなく店長がホッとしたように言った。

「この人です。これが売買手続きをしているところです」

「車とタイヤの画像はないのか」

「もちろんあります。まず、顔が写っている画像をプリントアウトしますか」

「いや、うちの記憶媒体に転送する」

若林主任はバッグからＵＳＢスタイルの記憶媒体を取り出し、本体アンプのジャックに差し込んだ。

「この男が現れるところから売買行為が終わるまでの部分を全て出してくれ」

店長は指定された画像のスタート位置に戻すと、その部分にスタートチェックを付け、終了位置にエンドチェックを付けた。

「コピーするよ」

若林は画像を記憶媒体に転送する。

「今回の車とタイヤを映してくれるかな」

店長は店外に設置されているカメラ画像をモニターに映し出して時間指定しながらアンプ操作を行った。

「店長、あんた結構慣れてるね」

その手つきを見ながら若林は尋ねた。

「万引きが多いんですよ。中にはタイヤ四本をあっという間に盗む連中がいますから。盗難防止センサーを取り付けて何とか戦っているんです」

「それでも被害があるのか」

「センサーカットをしてくるんです。ほんとイタチごっこで」

「なるほどね」

画面に白色ボルボのステーションワゴンが現れた。運転席の男の顔まではっきり写っている。

「すぐに本部に転送して運転免許証台帳と照合だ」

若林は全ての画像を記憶媒体に転送すると、捜査管理システムが搭載されたパソコンに記憶媒体を接続して本部にメール転送した。

府中にある運転免許本部経由で、交通捜査課から電話が入ったのはその直後だ。

「若林主任、運転者が確認できた。これってあの戸塚署の件かい」

「そうです。やはり本官でしたか」

「ああ、ちょっと訳あり……だな」

「部長の息子で間違いありませんか」

「なんだ、知ってるのね」

「車両のナンバー照会データが届いていましたから。エリート部長も顔面蒼白でしょうね」

「交通捜査課だけで対応するのは難しい事案だ」

「どうするんですか」

「人身事故の方の車両の特定まではうちでやろう。あとはヒトイチに回す」

「ヒトイチ？　どうしてです」

「監察だよ。交通総務課長へは私から報告するが、交通部長へは向こうから連絡してもらおう」

「報告の仕方にもコツがあるんですね」

「うちの課長に迷惑をかけられんからな」

「部長も可哀想な気がしますけど……」

「警察官として、親として責任重大。やむを得んだろう。本件は決して口外するなよ」

「もちろんですが、所轄の方にも通達しておかないと。向こうは修理業者を当たっていますからね」

「こちらですぐに対処する」

警視庁警務部人事一課監察係、ヒトイチの榎本博史《えのもとひろし》に電話が入ったのは、その日の夕方だった。

「交通捜査課理事官の堂島と申します。榎本係長ですか」

「理事官が直々に連絡されるということは、何かございましたか」

「当庁職員が交通事故を起こしたんだ。その事故、ちょっと事情が複雑でね。交通捜査課だけでは持て余している」

「交通人身事故ですか」

榎本は軽く下唇を噛んだ。

「ひき逃げの可能性が高い。しかも証拠隠滅と、もしかしたら身代わり出頭をさせているおそれまである」

「警視庁職員がひき逃げとは、悪質極まりない。交通捜査課としてはどこまで捜査をなさっていらっしゃるのですか」

「戸塚管内の人身事故と池袋管内の物件事故が重なっているんだよ。それを一本化して現在、全てを当課で捜査中だ」

「物件事故で証拠隠滅の疑いがあると？」

「そうなんだ。しかも事故車両を修理工場に出す前にタイヤの交換まで行っていた」

「周到な輩《やから》ですね。本人からの聴取はまだなのですね」

「身代わり出頭と思われる女を緊急逮捕して取調べ中だ。こちらは訴因変更でいつでも対処できるので、そのまま新件送致まで話を聞いてやるつもりだ」

「弁護士はどうなっているのですか」

「まだついていないが、既に所轄には接見の申し入れが来ている」

「素早いな。ただの押しかけ弁護士ではありませんね」

「弁護士は依頼人が誰なのかに関して黙秘している」

「出頭した女は弁護士に対してどういう反応を見せていますか」

「よく分からない、決めかねているといった態度だ」

「女が証拠隠滅を図るおそれはないのですか」

「本人は事故を起こしたかもしれない、といった程度の認識で出頭してきているので、逮捕、さらに留置場に入れられたことに動揺している。そこまで言い含められていなかったんだろう。だが自分がはねたのだろうという主張は崩していない」

「何か弱みを握られているのでしょうね」

「おそらくな」

「女の人定の裏付けは取れているのですよね」

「免確（免許証確認）で取れている」

「女の自宅のガサは打っていないのですね」

「まだひき逃げ容疑だけだからな、そこまでは」

そう言って堂島は榎本が訊ねた意図に気付いたのか、

「証拠隠滅のおそれもあるわけだし、ガサを打っておいた方がいいかも知れない」

「容疑者である当庁職員の氏名と生年月日を教えていただけますか」

「時枝公一。昭和六十三年五月七日生二十七歳。時枝雄一郎交通部長の長男だ」

容疑者の父親が警視庁の幹部と聞いて、さすがに榎本も目を丸くした。

「はぁ、それは驚きました」

榎本は人事用の端末を操作し、時枝公一のデータを呼び出す。

「企画課企画担当の警部補。成績はなかなか優秀な男です」

「お勉強はそれなりだったみたいだな」

警視庁の警察学校と管区学校での成績は良かったが、昇任試験の成績はさほどでもなかった。典型的な七光の息子なのだろう。

「当庁には多くの幹部子弟がいますからね。キャリアの親子も多い」

「前の副総監もそうだった。おまけに立派な人だったからな」

榎本も同意して頷いた。

「ところで、捜査の結了はいつ頃の予定ですか」

「明日には終わる。タイヤ痕が一致したことが判明したんだ」

「事故車両のタイヤが交換されていたことですが、タイヤ販売店から当人に連絡がいくおそれはありませんか」

「心配いらない。そこは店側にきっちり言い含めてある」

「車から何か証拠となるようなものは出てこないのですか」

「車種はボルボのステーションワゴンでV60という車種の最新型だ。ナビやフロントビューカメラのデータが残っていればいいが」

「最新型ですから期待できますね。それではこちらも至急態勢を整えますので、捜査報告書等の一件書類の写しをデータで送って下さい」

電話を切ると榎本は時枝交通部長について思い浮かべた。

公安畑一筋で、署長経験後は公安第一課長から公安部参事官、東北管区警備部長、警視庁警察学校長、交通部長にまで上り詰めたノンキャリのエースだった。退官前には警視監への出世が確実視されていた、物静かなやり手。

「ここまで来て引責辞任か。残念だな」

時枝公一の人事データをプリントアウトしてから、榎本は監察官のデスクに向かった。

「容疑者は企画課主任か。最初の人身事故も時枝が起こしたんだろうな」

監察官の村川は言った。

「交通捜査課からの報告では、出頭してきた女の供述にブレが出始めているようです。さらに、人身事故発生数分前の防犯カメラ画像を解析した結果では、時枝が運転していたことが判明しています」

「出頭した女の供述はどうブレているんだ」

と村川。

「女は東西線早稲田駅近くで時枝と運転を交代し、時枝を降ろしたと供述していますが、駅周辺の防犯カメラに当該車の画像が写っていないそうなんです」

「神楽坂駅近くはどうなんだ」

「二つの出口周辺にも写っていないそうです」

「車の走行コースをナビゲーションで確認できないのか」

「ボルボの純正ナビゲーションシステムは日本製ですので、その機能を解析できればわかると思います」

「女の思い違いでは困るからな」

「それから一一〇番通報した目撃者の携帯番号が通信指令本部に残っていたようなんですが、その契約者が訳ありなんだそうです」

「なんだ、その訳ありっていうのは」

「極左集団の公然活動家名義だったようです」

警察は目撃者に対しても抜かりないのだ。

「先鋭的な団体なのか」

「私が公安講習で習った限りではセクトとしての組織力は極めて強いようです」

「とすると捜査への協力要請は難しいかもしれないな」

「活動家がわざわざ連絡をしてきたことを考えると、他に目撃者がいなかった可能性が高いですね。同じ大学の学生が被害者になったということもあるのでしょう」

「顔見知りだったとか？」

「それは何とも言えませんが、あの横断歩道を渡る学生は比較的少ないと思われます。極左グループの拠点が入っている建物が近くにあるのかも知れません。公安部にも問い合わせてみますが、やぶへびにならないように気をつけたいと思っています」

「マル害は運転者が男だったと言っているのだな」

「そう報告を受けていますが、ボルボは同じ車種でも右ハンドルと左ハンドルの場合があります。運転席の位置を目撃者がはっきり確認できる位置にあったのかどうか」

「兼光《かねみつ》参事官に即報しておいた方がいいな」

村川は榎本が手渡したメモを確認し、決裁挟と呼ばれるバインダーに入れると席を立った。

デスクに戻ると榎本は部下を呼んだ。

「事件ですか、事故ですか」

「事件に発展する可能性が強い事故だ。この職員の携帯電話を確認して、通話履歴を全て取っておいてくれ。今後の通信傍受手続きの用意もだ」

「警察職員に対しての通信傍受ですね。まだ何かやりそうな輩なんですか」

「全く信用することができないような奴だと思ってくれ。一個班を使って行確も頼む」

「了解」

警察職員による交通人身事故は残念ながら多く発生している。人身事故を起こしても、人事上の処分を受けることはない。一般市民と同じく適正手続きを踏んで事故処理をすればよいのだ。しかし、今回のように隠滅しようとすればたちどころに悪質な問題に変わる。

翌朝、榎本は戸塚署交通捜査係の光野係長を訪ねた。

「ご苦労様です。監察もやはり時枝公一の動きに違和感を覚えましたか」

光野は挨拶《あいさつ》もそこそこに、すぐさま榎本に尋ねた。

「身代わり出頭はこれまでにも何件か処理した経験があります。当人が飲酒していたり、行政処分中の運転であったりする場合がほとんどでした。今回はそのどちらにも当たりませんから、奇妙といえば奇妙です」

光野は頷いた。

「現在、出頭した女の自宅にガサを入れています」

「今朝の取調べは始まっているのですね」

「逮捕留置が思いのほかこたえている様子で、黙秘を通しているそうです」

「弁護士は接見したのですか」

「容疑者が希望したので、昨日十分間ほど会わせました。おそらく黙秘は弁護士の入れ知恵でしょう」

「その弁護士、公安部に照会されましたか」

「しておいた方がいいでしょうか」

「おそらく時枝公一の紹介でしょう。チェックしておいた方がいいかと思います」

弁護士が極左系の人物であるおそれがあることは、交通捜査課に伝える必要はない。その弁護士は何をたくらんでいるのか。容疑者状況を観察し報告するためか。容疑者に今後の取調べに対してアドバイスを送りたいのか。


出頭した野々村明美の自宅のガサ入れは交通捜査課によって行われた。

「令状になんて書いてあるんだ」

「『人身事故事実と身代わり出頭容疑に関係があると思われるもの全て』だとさ」

一体この部屋で何を見つければいいのか。令状の文言があまりにも漠然としていた。

「このガサの本当の目的はなんなのでしょうね」

「女と時枝との関係を示す写真とかかな。人身事故そのものが故意であれば別だが、事故の状況からみて、時枝と被害者女性との間に直接の因果関係があるとは考えにくいからな」

「何か裏があると睨んでいるんだろう。部長の息子だからな」

「しかし、殺風景な部屋ですね。ホステスが住んでいるとは思えないです」

　１ＬＤＫの部屋にはテレビもパソコンもなかった。大きな化粧台があるのは職業柄だろう。あとはベッドと小さなテーブルがあるだけ。服や靴はウォークインクローゼットに収納されていた。

「仕事の服は店で借りるんだろう」

「酒も置いていないですね」

「食器も全て一人分しか置いていない。男の影はないな」

「断捨離中かな」

　捜査員たちは好きなことを言いながら押収すべき物を探した。

　しばらくして三畳ほどのウォークインクローゼット内を捜索していた巡査部長が主任を呼んだ。

「キャップ。ちょっと来てください」

　几帳面に並べられた靴箱の陰を指す。

「耐火金庫ですよね」

「貯金は金庫でしているのか。盗られる心配をする程度に収入もあるんじゃないか。家賃は月二十五万だからな」

「独身警察官じゃあ住めない金額ですね。それよりも金庫の中身が問題ですよ」

「女の取調官に連絡をして、ダイヤルキーのナンバーを聞いてもらおう」

主任は戸塚署の捜査本部デスクに概要を報告し、折り返しを待つこと三十分。

「本人は相当ゴネたらしい」

「お宝が出てくるんでしょうかね」

「ダイヤルは右に四回まわして45に合わせ、次に左に三回まわして13に合わせ、最後に左に一回まわして11だ。開扉状況はビデオ撮影しておいてくれ」

巡査部長が鍵を開けると、金庫の中には札束と預金通帳の束、そして鍵が入っていた。

「百万円の帯札だけでも二、三十はありますよ！」

「預金通帳も確認します」

どの通帳にも千万円単位の残高が記載されていた。

「現金と合わせると、ざっと八千万円。この女、犯罪者じゃないのか」

「この鍵はなんの鍵だろう。貸金庫かもしれないな」

「株券や金塊でも出てくるんですかね」

「株券は今やデジタルだから、紙で持たないだろう」

捜査員が首を傾げながら主任に向かって言った。

「この通帳、みんな名義が違います。おまけに二つは会社名義です」

「彼女が他人名義を使っているのか、誰かから通帳を預かっているのか……」

主任も可能性を並べ立ててみる。

「とにかく、これをすべて押収していこう」

立会人はこのマンションを所有する不動産会社の代表だった。彼女との賃貸借契約書も任意提出することに同意した。


ガサ入れ班がデスクに戻ると交通捜査係の光野は頭を抱えた。

「これは専門分野の応援を頼んだ方が早いな」

戸塚署におかれた捜査本部に来ている交通捜査課の三石《みついし》管理官が言った。

交通捜査課は事故現場における捜査が専門で、銀行調査や不動産調査に卓越した能力を持つ者が乏しい。

「捜査二課ですか」

「まず交通総務に聞こう」

交通総務課では庶務担当管理官が元公安だったからだ。

「面倒な事件だな。おまけに部長の名前も出てきているとなると、秘匿性が必要だ。被害者、目撃者、通報者の問題もある。これは公安総務と内々でやった方が早いだろう」

「公安総務課?」

「彼らに任せて、監察とタッグを組んでもらえばいいよ。公総と監察は裏でつながっているから」

「はぁ、私にはあまりなじみがない世界で」

光野は狼狽《うろた》えた。本部の部署間のつながりには疎かった。

「監察の実行部隊の多くは公安出身者だからな」

「考えてみれば監察も公安も裏の世界ですからね」

「裏ではないが、隔絶された組織ではある」

「部外者は断固お断り、ということですか」

「あそこの連中と付き合いたいとは思わないし、その組織を知りたいとも思わないけど。俺たちが知らない間に、組織内外の不穏分子を抹殺しているのだろう」

三石は公安が好きでないようだ。

「抹殺……知らない間に辞めていった警察官は、彼らに目をつけられたということなのでしょうか」

「部外者が公安に興味をもつと、ろくなことがないんだよ」

「公安は何をやっているのか想像もつきません」

「変なことに巻き込まれないよう、品行方正に生きるに限るぞ」

冗談めいた口ぶりで三石は言った。

交通総務課長と公安総務課長のキャリア同士の話し合いがセットされた。

公安総務課長の島崎《しまざき》は部下の山下直義《やましたなおよし》をすぐに呼んだ。調査八係の若手エースだ。

「本件は管理官、理事官に対する報告は無用だ。私にだけ適時、報告を入れてくれ」

島崎からメモを受け取った山下は、二個班をすぐに編成して捜査を開始した。

野々村明美が保有する銀行口座についての捜査だった。

「野々村明美が持っていた銀行口座は五つです。野々村は郵便貯金と合わせて六つの口座を持っていました」

翌日山下はすぐさま島崎に報告した。

「そんなに金を持っているのか」

「五つの銀行口座のうちの四つが、広域暴力団麦島《むぎしま》組系列のフロント企業の法人口座と判明しました」

「野々村はヤクザの情婦ということか」

「ビッグデータで解析を行う必要がありそうです。資金運用、もしくは金を預かっているのではないかと思います」

「それにしては金額が少ないいんじゃないか」

「金の出入りは頻繁なんです。現在の残高こそ八千万円ほどですが、多い時には十億円単位の金が入っているんです」

「麦島組は綾木組の二次団体だったよな。あそこはシャブで儲《もう》かっているだろう」

島崎の頭の中にはあらゆる勢力図が記憶されていた。

「シャブの受け渡し金を野々村が管理しているということですか」

「野々村明美の勤務先はどこだ」

「六本木三丁目〇番〇号。ティアラ六本木ビル内の『エキゾチック』という店です」

「麻布の外事に問い合わせてくれないか」

山下は意外そうな顔をした。

「外事ですか？」

「ティアラ六本木の所有者はチャイニーズマフィアだったはずだ」

島崎はチャイニーズマフィアの動きには敏感だった。

「それから、金の出入り日と、福岡の博多港に入港した中国からの大型観光船の入港日を照会してみてくれ」

「シャブの密輸を調べるんですね」

「マネーロンダリングを疑ってみたほうがいいかもな。それに時枝公一がどう絡んだのか。奴は職権を乱用できる立場にいたのか」

「時枝は企画課ですからね。使える職務権限など皆無だと思いますが」

「時枝公一の人事記録を読み上げてくれ」

山下は手元のファイルを開いた。

「卒配は愛宕、巡査部長が神田で、警部補は麻布ですね。一方面ばかりです。所轄はどこも二年足らずで昇任しています。所轄は全て地域課です。講習は巡査と巡査部長で公安専科を終えています。成績は全て優等賞を取っていますが、昇任試験の成績は決して上位ではありません」

「昇任試験の成績には加点できないからな」

いくら幹部の息子であっても、試験の点数に下駄を履《は》かせることはできなかった。

どこの世界でも表と裏がある。山下は警察官になる前に大手広告代理店での勤務経験があった。この広告代理店には国会議員や大手企業のトップの息子が多く在籍していた。一般入社の山下にはほとんどが縁故採用に見えた。縁故採用の者たちは元からそれなりの人脈を持つため、営業でも早々に結果を出してくる。

「コネだけでそこそこやっていける職種なんだ」

そう思った瞬間、山下は辞表を提出していた。そして警察官の道を選んだ山下だったが、ここでもある程度は縁故採用があることを知った。それでも警察官は個人の能力と実績で公平に評価される方である。

「六本木のクラブ、シャブとのつながりとなると、時枝公一の麻布署勤務当時に何かあったのでしょうか」

「その時の担当上司に会ってみてくれ」

山下は当時の地域課長を直当たりしたりした。

「時枝公一にはある特殊能力があったからな」

麻布署で時枝の面倒をみていた当時の地域課長が言う。

「どういうことです」

山下は訝しげに尋ねる。

「彼は当署に一年半、地域課の係長として勤務していたのですが、その間に覚醒剤所持を十数件検挙したんですよ」

元地域課長は時枝のことをよく覚えていた。

「一年半で十数件？　麻布という土地をかんがみても相当な件数ですね」

「普通、組対だって一年間で五件がやっとですよ。それを全て職質で捕まえるんですから、本部の組対五課も注目していましたね」

組織犯罪対策部組織犯罪対策第五課は銃器、薬物犯罪を取り締まる部署である。薬物捜査の中でもっとも重きを置かれているのが、覚醒剤の取り締まりだ。

「職質検挙となると、自ら率先してですね」

「はい。最初はＰＢの巡視途中で職質検挙していたのですが、そのうち、署長命で泊まりの時はＰＣ乗務しながら、バン掛けをやってもらっていました」

地域警察官にとって職質検挙は最高の栄誉である。

「シャブを職質するのにＰＣでは目立つんじゃないんですか」

「そこは機動力ですね。時枝は時間帯を決め、若い連中を集中運用してバン掛けをやっていました」

「バン掛けする場所は決まっていたのですか」

「六本木交差点を中心に半径五百メートル以内ですね。六本木には『シャブ通り』のようなところはありませんから」

覚醒剤所持犯人専門に職務質問をする場所を、警視庁管内では通称シャブ通りと呼ぶ。新宿であれば新大久保から職安通りに続く道、山手線の巣鴨駅裏、池袋西口の歓楽街などラブホテル街近くに多い。

「時枝係長は若手からバン掛けのプロ中のプロと目されていたんですね」

「そうですね。しかも少量ではないんです。十グラム以上を摘発なんてこともザラでした。若い連中も一緒に総監賞をもらったりして」

「すると人望もあったわけですか」

「それは……また違うんですよね。確かにシャブの検挙は抜群に優れていましたが、係長として係員をまとめていたかと言われると。シャブについても、捕まえるまではいいんですが、後は専務係に引き継いで丸投げ」

山下は時枝の人物像をつかめてきた気がした。

「それでも職質検挙のプロですから、表面的には不満が噴出するようなことはなかったです」

「時枝係長はシャブ以外の職質もやっていたんですか」

「ほとんどシャブですね。係長ですから職質実績だけでなく部下の人事管理も大事な仕事なんですが」

「課長として、何か指導されたんですか」

「そこまで手が回りませんでした。毎月一件の覚せい剤取締法違反検挙があれば、方面だけでなく、警視庁全体の評価も高まりますからね。これだけ成果を出してくれているならと思って目をつぶっていました」

時枝雄一郎という父親の存在もあるだろう。公一は周囲から気を使われていたのかもしれない。

「時枝現交通部長の息子さんですしね。幼稚園から大学までエスカレーター式に上がったお坊ちゃんでもありました。芸能人の友達もいたりして、麻布に適した人材ではあったんです」

山下は芸能人という言葉にピンと来た。

「芸能人と個人的なつながりがあったんですね。その他に彼に特徴的な点はありましたか」

学生のころからの同窓などは調べてみる価値がありそうだ。

「時枝家は三代続く警察一家。彼の祖父《じい》さんも警察署長を三ヵ所やった人物。最後は築地警察署長だったのかな。当時の築地署長だったら、辞める時に家が建つと言われていたくらいで。昭和の古き良き時代の話です」

元地域課長が笑った。初代築地署長の末裔には著名人もいる。警視庁内では有名な話だった。

「時枝が企画課に異動になったことについて、署内で何かハレーションは起こりませんでしたか」

「昇任試験は一発一発合格、しかも職質検挙のプロという評価でしたから」

山下は頷いたがまた尋ねた。

「時枝係長がその頃付き合っていた芸能人ですが、その辺りのことで何か聞いていましたか」

「大手プロダクションの歌手や女優とも知り合いだと言っていました」

時枝は麻布署時代に結婚していた。

「普通の警察官とはちょっと毛並みが違ったようですね」

「まあ、家が金持ちの部類に入ることは間違いないですよ。部長も港区に庭付きの持ち家があるとか」

山下は築地署長を経験した公一の祖父の威光を感じた。今とは時代がまるで違うことに改めて驚く。

「ところで……時枝君に何かあったのですか」

公安総務課の係長が元部下について執拗に尋ねてきているのだ。詳しい状況を聞けないことぐらいは承知だろうが。

「いや、単なる交通事故なんですが、当事者に問題がありまして」

まさか容疑者が公一とはいえない。適当に要点を濁した山下だったが、元地域課長が左手で拳を作って何度か上下に振った。

「もしかしてコレ？」

左翼、極左を意味する動作である。被害者の素性について言いたいのだろう。

「まあ、そんな感じです」

山下は話を合わせた。

「奴らは対警察感情が極めて悪いですからねえ」

山下直義は本部のデスクに戻った。

「なるほど結構いるものだなあ」

時枝と同級生の芸能人をチェックしながら思わずつぶやいた。

ふと一人のタレントの名前が気になった。

「三原唯史《みはらただし》」

覚せい剤取締法違反の逮捕歴があったので名前を憶えていた。

三原唯史の両親もまた芸能人で、幼稚園から大学まで時枝と同学年だった。一応チェックしておこうか。

そこに銀行調査を行っていた一個班から詳細な分析データが届いた。

「野々村明美の戸籍が変ですね」

山下の部下は言った。

「どうおかしいんだ」

「いや、戸籍謄本と住民票を取り寄せたんですが、この一年で三度転居していま す。しかも、この二ヵ月で二度の引っ越し、さらに戸籍を改変しているんです」

「戸籍改変って」

「いわゆる養子縁組です。旧姓は興津《おきつ》で秋田県にかほ市ですが、野々村の本籍地は千代田区千代田一番。つまり皇居です」

本籍地つまり戸籍が所属する場所のことであるが、戸籍法の解釈では本籍は国内で、しかも領有権を主張しているものの実効支配の及ばない地域も含めてどこでもよく、変更も自由である。東京都千代田区の約四万七千人の人口に対して、本籍地にしている人は約十八万人おり、そのうち皇居の住所である千代田一番は約二千百人が本籍地としている。

「戸籍謄本を取ってみてほしい。秋田県にかほ市の旧本籍地及び、この一年の転居先を全てチェックしてくれ」

「至急秋田へ行ってきます」

「ついでに周辺の聞き込みもしてくるんだ。それから運転免許証台帳の写真と整形後の写真を忘れずに持っていくこと。写真を持って交番、学校を回って」

「了解」

冷めたコーヒーをすすりながら山下は相関図の作成に入った。公安部独自の相関図作成ソフトは中心人物を誰にするかで配置が大きく変わってくる。エクセルに基本データを打ち込み、これを相関図にすると意外なポイントが見えてくることがあった。

「係長、面白いものをみつけました」

主任の秋野《あきの》がニヤリとしながらやってきた。秋野は時枝公一が麻布署勤務時代、検挙した全ての覚せい剤取締法違反の被疑者データを調べていたのだ。

「何かいい情報を得たのか」

「時枝公一の職務質問にはカラクリがあったんです。何らかの情報を得てバン掛けをやるから打率がすごくいいんですよ」

「公安部の邀撃《ようげき》捜査のようなものか」

「係長が言ったとおり、福岡の博多港に香港からの大型客船が入った三日以内に必ず検挙しているんです。おまけにシャブの成分が十数件ともほとんど同じもの。つまり検挙したシャブは同じところで製造された可能性が高いというわけです」

「そのシャブを扱っていたのはどこの組織なんだ」

「六本木を根城にしている麦島組ではなく、関西系の小桜会《こざくらかい》だったようです」

「小桜会？　最大ヤクザの二次団体だな。小桜会はいつ頃から六本木で動いているんだ」

「組対五課の話ではこの五年だそうです。アフリカ系の呼び込みを使ってクラブの裏稼業としてシャブを捌《さば》いているとか」

「組対五課はどこまで捜査しているんだ」

「時枝の動きにはなんとなく勘付いていたようです。小桜会は転々とクラブを替えていて、奴らが新しいクラブに移った途端に時枝が捕まえています」

「奴がPCを使って捜査をしていた理由がわかるな」

「どういうことですか」

「捜査専務なら内偵に時間をかける。マル暴絡みのシャブとなると周到な計画が必要になってくるんだ。マル暴サイドとしても不審な車がウロウロするのは警戒するがPCは目の前を通って当たり前だからな」

「すると何らかの情報に基づいて車を流しながらターゲットを狙っていたということですか」

「おそらくな。検挙された者の中に麦島組関係者は一人もいないんだろう」

「そのとおりです。小桜会の奴は三人やられています」

「時枝は麦島組関係者からネタを取っていたんだな」

山下は組織内ビッグデータを使って麦島組の構成員の中からシャブの前歴がある者を調べ上げた。

「案外少ないもんだな」

秋野が山下のデスク上にある検索用パソコンを覗き込みながら、山下のデスクにあった別のデータと見比べて言った。

「係長。麦島組の岩崎善治《いわさきぜんじ》って、三原唯史にシャブを売った男ですよ」

山下が改めてデータを見ると、三年前に懲役五年の刑を終えて出所した岩崎善治が、三原唯史に覚醒剤を売り渡していた記録があった。

「三原唯史と岩崎善治の逮捕容疑の捜査報告書と被疑者供述調書を確認する必要があるな」

「三原唯史がゲロッたんでしょうか」

「それだったら三原はもう生きちゃいないよ。本人の供述以外に何か裏付けが取れた事実があったんだろう」


山下は組対五課の庶務担当係長、岡野《おかの》に電話を入れた。

「岡野、悪い俺だ！」

「またヤクザもんを探っているのか」

「いや、シャブ呆けしたタレントについて聞きたい」

「そいつはまだシャブを喰っているのか」

岡野が食いついてきた。

「まだわからんが、調べる価値はありそうだ」

「誰だ」

「三原唯史」

「おう、あの二世タレントな。それで三原の何が欲しいんだ」

「三原がパクられた時の捜査報告書と本人の供述調書が欲しい」

「被疑調は事実関係だけでいいのか」

「いや、人定からすべてだ。それから当時、三原がシャブを買い受けた麦島組の岩崎善治という構成員の捜査報告書と本人の供述調書も欲しいんだ」

「岩崎な。あいつは案外大物なんだぜ。岩崎を追っていた時に、周辺をうろついていたのが三原唯史だったたんだよ」

「岩崎は今、何をやっているんだ」

「あいつはシャブ以外で喰っていけないからな。奴はいいルートを持っているんだ」

「香港ルートか」

「さすが公安のエースさん。何でそんなことまで知っているんだ」

「これまで何度か、博多港に大型船が入った三日以内に逮捕者が出ているだろう」

「まあな」

岡野は否定しなかった。

「三原と岩崎のデータはお前のけいしWANに送ればいいのか」

「暗号化してくれ、いつものように」


ほどなくして山下の元に三原と岩崎のデータが届いた。

秘文書をメールで送る際には暗号化が義務付けられている。万が一にもその手続きを怠った場合には情報管理課から人事一課宛に速報され、直ちに相応の処分の措置が取られるのだった。

被疑者供述調書のように個人情報に関するデータは、裁判で結審している場合を除いて、マル秘扱いである。

「余罪捜査がまだ続いているようだな」

岡野が送ってくれたデータは詳細を極めていた。

三原の事件はとうに結審していると思っていた山下は、その相手方である岩崎の余罪捜査が未だに続いていることを知って驚いた。組対五課の岡野が岩崎を「シャブ以外で喰っていけない」と評していた理由がわかった。

　三原と岩崎をつなげたのは広告代理店の社員だという。この代理店勤務の男は、議員の息子でもあった。

　麦島組はいくつもの芸能プロダクションと深い付き合いをもっていた。芸能界と反社会勢力は、かねてから持ちつ持たれつという関係にあるのだ。ある大手芸能プロの社長は、麦島組幹部の運転手を務めていた経歴がある。そんな前歴のある社長が代理店やマスコミに幅をきかせているのだ。

　山下は素早く調書と捜査報告書を読み進めていった。

　捜査報告書の概要欄を読み終え、ふと捜査報告書冒頭に記載する所属長の名前を見て唖然とした。

「えっ」

　捜査報告者は、捜査本部を置いた所轄の署長宛に報告する。捜査本部が新宿署にあれば、新宿警察署長宛に報告するという体裁を取るのだ。

　この時の麻布署長こそ現交通部長の時枝雄一郎だったのである。

「偶然だろうけど驚いたな」

山下は改めて捜査報告書を読み直しながら、これに並行して事件の時系列データを取り始めた。

時枝交通部長が麻布署長時代に、息子の時枝公一は警察学校を卒業して麻布署と隣接する愛宕署に配置になっていた。通常、親子二世代で、しかも親が人事に影響を及ぼすような存在の場合には、同じ方面や部内に息子を人事配置することはない。

しかし、時枝親子の場合、同じ第一方面ではあったが、第一方面本部長はキャリアポストであるため、人事配置に影響がないと見過ごされたのだろう。時枝署長は麻布管内の署長公舎、公一は愛宕署の単身寮で生活していたということか。

山下は改めて時枝公一の人事記録を確認した。父親の雄一郎と母親と弟、妹の五人家族。弟は国立大学の医学部を卒業して外科研修医、妹は海外留学中。実家は港区三田の一軒家。

「まるで華麗なる一族だ」

いくらエリートとはいえ、一介の警察官が港区三田の一等地に自宅を構えるには、財政的な幸運が重ならないと難しいだろう。

こういう時に必ず山下が相談するのが、公安部の生き字引と呼ばれる公安第四課管理官のベテラン、江副《えぞえ》だった。

「管理官、山下でございます」

「おう山ちゃん。相変わらずいい仕事をしているみたいだね」

「また、一つ教えていただきたいことがありましてお電話しました。実は、時枝交通部長のことなんですが」

「時枝雄一郎がどうしたの」

すぐにフルネームで出てくるところが江副の凄味である。

「時枝交通部長は資産家なんですか」

「三田の豪邸住まいだから、金がなくはないでしょう」

「さすが、何でもよく記憶されていますね」

「時枝部長より資産が多い人は警視庁内にも結構いるけど、あれだけの閨閥《けいばつ》を持っている人は数少ないんだよ」

公一の母親の実家だろうか。山下はそう思いながら江副に先を促した。

「三田の家はね、元々は宮様の持ち物だったのよ。それを吉丸興産が買い取ったんだ」

吉丸興産は不動産業界のナンバーツーである。

「そこのご令嬢が時枝さんの嫁さん。時枝さんの弟は食品大手の鈴音産業に養子にいって、いま社長だよ。妹は元女優で、参議院議長にまでなった鎌本健三《かまもとけんぞう》の嫁さん」

「はあ、そういう家柄だったんですか」

山下はさすがにため息がでた。

「企画課にいる息子は杉並住まいだけど、パパが持っているマンションの最上階でペントハウス生活だ」

「なるほど」

またしてもため息をついた山下である。

「息子の公一はね、遊んではいたようだけど、羽目は外さないタイプだと思ったんだが。問題なのは留学中の妹の方だよ。タレントとトラブって身元が危なくなったとかで、親父が急遽《きゅうきょ》大学を退学させて海外に逃がしたって」

「いつ頃の話ですか」

「時枝さんが麻布署長を終えた頃だな。きれいなお嬢さんだったらしいね」

「トラブルになった芸能人って誰だったんですか」

「そこが漏れてこないんだよなあ」

江副は悔しそうに言って笑った。「なにせスターライト事務所の相模周一《さがみしゅういち》が出てきて始末をしたらしいからね。小さくない話だろう？」

「スターライトといえば、麦島組が背後にいたわけでしょう」

「しかしそこに時枝さんは全く関与していなかったらしい。奥さんと鎌本健三が動いたらしく、時枝さんは相当悔しがったらしい」

公安ＯＢでもある時枝交通部長に関して、たしかに山下はこれまで悪い噂話を一度も耳にしたことがなかった。

「時枝部長といえば、生真面目コンビと言われた土屋参事官とともに、潔癖で有名ですからね」

「息子さんの腕をへし折ってさらに名を馳せたな、土屋さんは」

江副は愉快そうに笑った。

「あれは本当の話なんですか」

「本当だ。息子が銀座の文具屋で万引きをして築地署に連れてこられた時のことだ」

「江副管理官がご覧になったわけではないですよね」

「それがいたんだよ、その現場にな！　当時の刑事課長が被害金額もたいしたことはなくて、しかも微罪処分の要件に当てはまっていたので、署長の内諾を得て微罪で処分しようとしたんだ。そしたら土屋さんが刑事部屋に現れた。調べ室の前で息子の顔面に一発パンチを見舞うや、どちらの手で盗んだんだと尋ねた。息子が利き腕の左手を出した。いきなり両手でその腕を掴むと、あの怪力で骨をへし折ったんだ」

山下もさすがに生唾をのんだ。

「すぐに慈恵医大に連れて行って緊急手術さ。『俺も傷害罪の現行犯人になったわけだ』と言って笑って署長室に戻って行った。一週間たって、ギプスをはめた手で息子が刑事部屋に挨拶に来た。バイトで稼いだ金でお茶菓子を持って詫びに来たんだ。文具屋に頭を下げてきたところだと言っていた。今、彼はテレビ局の部長になっているらしい」

「強烈ですねえ」

警察官には時折、このようなドラマのようなエピソードをもつ親子がいる。

「時枝さんの場合、何度か部下の不祥事で責任を取らされてきたが、その度にトップ自らが被害者、地域住民、部下に謝罪して回ったらしい。その姿勢が上に評価されていたんだろうな。金にあかして部下を手懐《てなず》けるようなことは一切しないしな。物静かで派手なことを嫌うタイプだ」

「しかし、車はボルボの新車ですよ」

「税金対策だろう。本人は警視長になってから運転を控えているからな。立場上、組織のために『万が一にもあってはならない』という理由だそうだ」

山下は江副管理官に礼を述べて電話を切ると、もう一度人事記録用のパソコンを開いた。

「時枝さなえ。二十三歳。兄と同じ幼稚園から大学まで行って一年で退学。何か大きな事件に巻き込まれたのか」


探るべきか止めるべきか山下は一瞬迷ったが、右手は卓上の受話器に伸びていた。

「奥野《おくの》ちゃん久しぶり。ちょっと聞きたいことがあるんだけど。二、三年前にスターライト事務所の相模が動いてうやむやにした芸能ネタって思い当たらない？」

大手週刊誌の副編集長として長年芸能班を率いているのが奥野だった。

「スターライトの相模本人が動いた事件ですか」

芸能事務所の社長自らが動いたということは、それなりのタレントがかかわっているということだ。しばらく考えていた奥野が声を発した。

「スターライトの相模が絡むとすれば、旧平和研究会の連中だと思うんですが。

二、三年前に相模本人を動かすことができるとすれば、議員の小沼と鎌本ですかね。もうちょっと突っ込んで調べてみますか?」
「お願いしたい。それも極秘で」

「官邸絡みですか」

「いや。今回、そちらは関係がない」

「了解。少し時間を下さい」


そこへ戸塚署交通捜査係から連絡が入った。光野である。

時枝公一が交換したタイヤと人身ひき逃げ事故現場のタイヤ痕が一致したということだった。

「時枝公一に対する出頭要請は行うのですか」

「いまだ容疑が確定していないのです。現時点では証拠隠滅の証拠にはなりませんし、出頭している野々村明美の供述があいまいになってきているんです。明日新件送致して翌日は勾留質問に入ります。それまでに固めたいですね」

「押しかけ弁護士はどうなりましたか」

「未だに選任していません。弁護士は勾留決定段階でもう一度接見する旨を留置係に伝えて帰っています。この弁護士は極左系の弁護士でした」

弁護士については山下の耳に入っている情報だった。

「被害者女性の怪我の状態はいかがですか」

「幸い、打撲だけのようです。頭を打っているのであと二日は検査入院をさせるとか」

「被害者女性の人定は？」

「それが、こっちも極左なんですよ。氏名は坂本亜希子、早大生。事故の目撃者と同じセクトです」

「取調べには応じているのですか」

「氏名、生年月日と事実関係については供述していますが、事故前の詳細については黙秘権を行使しています。極左というのはいまだにこんなことをするんですね」

光野は心底うんざりしたような口調だ。

「見果てぬ夢を追いかけるのが彼らの生きがいですから」

「共産主義革命ってやつですか」

「現実にそれを掲げている政党も二つあるわけですからね。思想の自由は憲法で保障されています」

「それはわかりますが」光野はあからさまにため息をついた。「自分や仲間が被害者になった時でも、警察は敵なんですね」

「彼らの基本姿勢ですから仕方ないですね。いつまでたっても『反権力』、です」

「いや、公安の仕事は大変ですね。対象者と言うよりも常に敵ですからね」

「向こうはいまだに我々の動きを『敵の出方』と言うんですから」

山下は笑った。


ヒトイチの榎本は、交通捜査課が公安総務課と共同で動いていることを聞いていた。監察チームは、時枝公一の行動確認と通信傍受を中心に動いていたが、交通捜査課が行っている科学データの解析結果についても気になっていた。

「事故車両のボルボのナビと、フロントビューカメラのデータはいかがでしたか」

榎本は交通捜査課の事件担当係長に訊いた。

「現時点では何とも言えないんだ。ナビの経路は出頭した女の供述と一致しているんだが、フロントビューカメラの結果を見ると、事故地点から数百メートル地点にある駐車場に一旦入っている」

「運転者が交代したんでしょうか」

「これは秘密の暴露を得るしかないから、隠し玉の情報だ」

事件担当係長の芳川は言う。

「もし、時枝公一がその場で車を降りたとなると、池袋までの移動はタクシーか公共交通機関を利用するしかないのでしょうか」

「池袋駅で二人が落ち合ったと主張しているのは、その四十分後だ。都電荒川線や都バスを使える。捜査は容易ではないな」

「時間帯を区切っても膨大な数でしょうね」

「DBマップも最大限に活用しているんだが、未だに時枝公一の移動コースの特定はできていない」

「東京タクシーセンターはいかがですか」

「あの道は空車が狙う道ではないようなんだ。普段から車の通行量も歩行者の数も少ないからな。今のところ発見に至らず」

榎本にとって有益だったのは、事故後にボルボが駐車場に一旦入ったという情報だ。現場近くの駐車場を確かめに、榎本は自ら現場に向かった。

現場付近に一旦車を停めて周囲を確認した。信号機が設置された交差点、横断歩道には白いマーキングチョークで○や×が記され、ここが事故現場であることを物語っていた。

現場を離れ事故車両が一旦入ったとされる駐車場に車を入れる。二十台の駐車スペースがある中規模の駐車場だ。

「残念。ここにはないか」

榎本は落胆しながら呟いた。駐車場には防犯カメラがついていなかった。Pフォンを取り出し、駐車場出口から三六〇度カメラを回転させてパノラマ画面で撮影すると、データを富坂分室の画像解析班に送った。

「澤《さわ》っち。今、送った画像から、撮影場所が入る防犯カメラをチェックしてもらいたいんだ」

「係長の現在地はどちらですか」

主任の泉澤《いずみさわ》が尋ねた。

「新宿区西早稲田三丁目」

「了解」

画像解析は、テロ対策技術の一つとしてマスコミに取り上げられることが多い顔認証システムだけではない。画像のピンぼけ処理から置き去り物件探知まで、さまざまな方法で活用されている。その中でも「物探し」において、力を発揮する。ある地点を映し出してくれる防犯カメラを探し出すことも容易にできる。発見には一分もかからない。

「係長、三基ありました。すぐ住所を送ります」

たちどころにデータが送られてきた。

「ついでに三基のカメラの位置情報をマッピングしてほしい」

するとDBマップにピンが立った。

防犯カメラは、全て画像検索から見つけ出したものである。いまだにダミーのカメラが設置されている場所もあるため、すべてが稼働しているカメラかどうかは分からないのだ。

榎本は三つの防犯カメラ設置場所の方向を、駐車場内から確認してから、一つ目の場所に向かった。二つ目は近くの社屋、もう一つはビルの屋上に設置された防犯カメラだった。

「警察の方にはもちろん協力します。うちのカメラはたしかに撮影はしていますし、画像も一ヵ月程度は保存していますが、そんな遠くまで写っているかな」

防犯カメラを設置する会社ビルを訪ねると、役員が対応した。

「可能性がわずかでも、確認できるとありがたいです」

「ちなみにどうやってこのカメラの存在がわかったんですか。警察署って企業の防犯カメラまでチェックされているんですか」

役員は驚きを隠せない。

「いえ、現場でパノラマ撮影をして、その画像から見つけたんです」

「そんなことが可能とはね。一〇〇〇ミリの望遠レンズを付けていても、なかなか見つかるものじゃありませんよ」

恐ろしい時代になったと役員は付け足す。

「ええ、しかし光学とデジタルを組み合わせれば案外見つかるものなんですよ」

榎本は十六分割されたモニター画像から一つを指示して、その画像を拡大してもらった。画像の左上部に確かに先ほどの駐車場が写っている。

拡大してみた画像は粗く、駐車場だとぼんやりとわかる程度の画質である。

「ちょっとこの静止画像をお借りできますでしょうか」

「こんなのでいいんですか」

役員は首を傾げながらも承知してくれた。

榎本はＵＳＢストレージを取り出して画像をコピーする。マイクロＳＤカードに転送してPフォンに差し込み、泉澤班のパソコンにデータを送信した。

「少し待ちましょう」

榎本が役員と雑談していると、デジタル修正された画像がPフォンに届いた。先ほどの逆の手順でデータをモニターに映し出す。

役員はまたもや驚嘆の声をあげた。

「これが先ほどの画像？　見違えるほどクリアですね。現在の画像解析技術というのはここまで進歩しているんですね」

「古いモノクロ映像をカラーに変えられる時代です。ターゲットが少しでも写ってさえいてくれれば、後は技術でカバーできます」

「車のナンバーまではっきりと写っていますね」

「人の顔もばっちり写ってしまいますね。『人権侵害』との誹《そし》りを受けないよう、警察としても慎重に扱わなければいけません」

「でも国内のテロ対策の一環として、人の集まる場所には監視カメラを置く必要が出てきますよね」

「基本的人権との絡みもありますから、当面は難しいでしょう。ただし社会の要請があれば別ですが」

国民のプライバシーに配慮しすぎるとテロリストに余裕をもたせることになる。

「もっと痛い目にあうまで国民は気付かないのでしょうか」

「東京タワーやスカイツリーから、高機能カメラで常時パノラマ撮影をすれば、相当な個人情報を集めることになってしまいます。せめて空港や港のような海外との玄関口には、テロリスト情報などをトレースできる監視カメラを設置すべきだと思いますね。もっとも、最近では日本でもホームグロウン・テロリズムに対する警戒が必要な時代に入ってしまいました」

ホームグロウン・テロリズム。例えばアルカイダのテロリストが目的地に赴いてテロを行うのとは異なり、現地の者をインターネットなどで洗脳し、テロリストに育て、テロの実行犯に仕立て上げる手法である。

「テロと宗教は不可分なものですか。日本でもそういったテロが起きてしまうのでしょうか」

「いえ、テロというのは必ずしも宗教や思想に基づいて行われているわけではありません。日本でもホームグロウン・テロは十分に起こりえます。社会的弱者などの心理が利用されやすいです。彼らの怒りや絶望につけ入り洗脳する」

「洗脳なんて、私には全く理解できないですね。テロなんて信じられません」

会社役員は憮然として言った。

「常識的な感覚でいえばその通りです。しかし、どんなに残忍な行為でも、一万人に一人くらいは賛同したり、同調したりするのも事実なんです。賛同するのは社会的弱者ばかりではありません。経済的に恵まれたオサマ・ビンラディンのような人物が大金を出せば、九・一一を引き起こすことができる」

日本にいてもテロと無縁ではいられないのだ。会社役員は眉をひそめた。

「なるほど、他人事ではありませんね」

「テロリストは今、日本の警察が現在どれだけの捜査技術を持っているのか必死に調べていますよ。日本国内でテロ行為を防ぐことができるのは警察だけですからね」

会社役員は榎本の話に聞き入っていたが、突然「できる限りの協力をする」と言って握手を求めてきた。榎本は微笑んで礼を言い辞去した。

富坂デスクに戻ると泉澤主任が得意げな顔つきで待っていた。

「澤っち、どうしたの」

「画像解析が終わりまして、その結果報告をさせて下さい」

「いい知らせなんだな」

「なんとも言い難いです。真ん中のパソコンに動画を出しますので、すぐにパソコンを開いていただけますか」

「急かすなって」

榎本は長いパスワードを打ち込み静脈認証をすると、動画画面を立ち上げた。

「映像がすぐに出ますから」

画面には先ほどの駐車場が映っている。白色ボルボが敷地に入ってきた。車はドリフトをかけたかのように後部を振って停車する。運転席から男が出てきた。

「あれ、こいつ時枝公一じゃないな」

助手席からは野々村明美が、そして時枝公一は後部座席から降りてきたのだ。

「この運転していた男は誰なんだ」

榎本は泉澤が既に男の顔認証を終えていることを、その表情から読み取っている。

「こいつはスターライト事務所のマネージャー。兼村誠治《かねむらせいじ》です」

「時枝公一とはどういう関係なんだ」

「時枝ではなく野々村明美と関係があります。野々村の自宅から押収した預金通帳に兼村誠治名義のものがありました。預金残高は三千万円でした」

「スターライトのマネージャーといっても、どの辺のレベルの奴だ」

「三十八歳と若いですが役員待遇のマネージャーです。相模周一社長の片腕だそうですよ」

「マルBではないよな」

「麦島組関係者とは相当近いようですが、構成員ではありません。組対四課では麦島組周辺者との認識です」

「兼村が野々村明美に身代わり出頭させた、と考えた方がいいわけか」

事件の様相が変わってきた。榎本は第三の男の出現に唸《うな》った。

「兼村の令状を取りますか」

気がせいている様子の泉澤。

「野々村の調書には兼村の名前は一切出てきていないよな」

榎本は自分の考えを整理するために泉澤に確認した。

「そのとおりです」

「野々村にはまだ捜索差押の結果は伝えていないんだろう」

「それは公安部が止めているようです。公安部は慎重に動いている様子です」

「公安部の担当者は誰だ」

「公安総務課の山下係長です」

「ああ、山下さんか。面倒な事案は彼が専任なんだろうな」

山下の名前を聞いて榎本は思わず笑みを浮かべる。

「山下係長って、ちょくちょく聞く名前ですね」

泉澤が怪訝な顔つきで榎本に訊ねた。

「怖いもの知らずとして有名な人だ。頭の切れは抜群だな」

「総監や長官ともサシで話してしまうような人だとか」

「そう、無鉄砲なんじゃない。情報を持っているから話せるんだよ。僕と同年代なのに、政財界に人脈を持っているんだよ」

「公安には、まだまだそういう人がいるんですね」

「酒や食べ物の話題も豊富なんだ」

どんなポジションの人とも上手くコミュニケーションが取れるのが山下のすごいところだ。

「さて、本件で交通捜査課が公安部と組んだというのは、おそらくキャリア同士の連絡があったからだろう」

「交通部のキャリアというと、交通総務課長ですか」

「他にはいないだろう。各部の総務課長のキャリアは公安部と交通部だけだからな」

榎本は交通総務課長の深慮に感心していた。

「兼村に関する情報は、公安部に一報いれますか」

「先に交通捜査課に連絡をするのが筋だろう。交通捜査課はまだ摑んでいない情報だろうから」

榎本は交通捜査課に電話を入れてから赴いた。

「この連続写真はどこから撮ったものなんですか」

交通捜査課の管理官が顎に手を当てた。

「駐車場から少し離れたビルの防犯カメラ画像を解析したものです」榎本は現場地図を見せる。「画像の入手、解析報告書と任意提出書もできております」

「こんなに離れたビルのカメラから？　どうやって見つけたんだ」

理事官は驚きを隠さない。

「Ｐフォンと画像解析システムを活用しただけです」

すまして答える榎本。

「様々な機能を使いこなすことが大事なんだよ。多くの警察官が宝の持ち腐れをしているんだ」

そう言って理事官はうんうんと頷く。

「若手の中にはデジタル技術を巧みに駆使している者がたくさんいますよ」

「文明の利器は使ってこそ意義がありますね。現場鑑識や交通捜査の鑑識にはデジタル技術は最強の武器になるように思います」

管理官が言った。

「講習などでは使用方法について指導しているようだが、肝心の私たちのような立場の者が使えない。その点、公安や監察といった部門は警部クラスでも十分に使いこなしている」

と理事官。交通捜査課の二人は顔を見合わせて苦笑いする。

「一回の事件捜査で一つの新しいソフトを使えば、すぐに使えるようになりますよ。パソコンも同じですが、持っている機能の百分の一を使うことができれば、かなり優秀な使い手ということだそうです」

榎本は明るく言った。

「なるほどね。ところで、今回の事件で兼村誠治が事故を起こしたのは間違いないんでしょうか」

管理官が眉をひそめる。

「それは私にもわかりません。ただ、ボルボのフロントビューカメラのデータを解析すれば、運転者が替わったかどうかわかるはずです」

「いま専門業者が解析中です。車内カメラが付いていないのが残念な所でしたが」

「フロントビューカメラの画像を丁寧に見ていけば、どこかの建物に反射して映りこんだ運転席の画像が出てくるはずです」

「どういうこと？」

理事官は前のめりになる。

「例えば、事故車両は事故発生現場から新目白通りを左折して、通り沿いの駐車場に車を入れているはずですが、その途中にガラス張りのビルもあるわけです。ガラス面に運転席が映っているかもしれないということですよ、鏡のように」

「なるほどねえ。うちの連中がそこまで分かっていればいいが」

またしても交通捜査課の二人は顔を見合わせる。

「ところで兼村の詳細な人定は公安部に依頼した方がいいのでしょうか」

「公安部と組対四課でしょうね」

「スターライト事務所のバックには麦島組がいます。過去の事件を紐解いていけば、スターライトの相模周一社長の片腕にまでなった、兼村の名前が引っかかってくるはずです」

「交通総務課を通して照会してみましょう」

管理官はよし、とばかりに口元を引き締めてみせた。

「えっ、どうしてワンクッションを入れる必要があるのですか」

榎本が思わず聞き返した。

「今回の事件には交通総務課長と公安総務課長が間に入っているんですよ。捜査共助の観点から我々としては交通総務課を通すのが当たり前でしょう」

と管理官。

「もうそういう時代ではないのではないでしょうか。ルートができて捜査を行っている以上、捜査員同士が直に情報を交換しなくては意味がない。むしろ交通総務課の担当者に余計な個人情報を伝えることがマイナスです」

すかさず榎本は言った。

「いや、現場の者はキャリアとの接し方をよく知らないのが実情なのだよ。私自身、キャリアに直接仕えたことが一度もないからね」

榎本は理事官の言葉を聞いて下唇を嚙んだ。榎本は警部補時代から上司にキャリアがいた。キャリアと仕事をすることが当たり前と思っていたが、そうではないのだ。キャリアに直接仕えたことがない、というのはキャリアに対して自分の意見を上げることなど考えたこともないという意味だ。

「出過ぎたことを申し上げて失礼いたしました。ですが、今回は公安部の事件担当係長と直接話をした方がいいと思います。うちの課長ならば間違いなく、そう言うと思います」

「うちの課長って、警務部参事官か」

理事官は口をつぐんだが、しばらくして管理官に命じた。

「よし分かった。管理官、公安部と直に連絡を取ってくれ。責任は私が取る」

管理官は理事官に敬礼して部屋を出て行った。

榎本はデスクに戻ると公安総務課の山下に電話を入れた。

「ああ、榎本さん。今回は思ったより連絡が遅かったですね」

山下は榎本からの電話を待っていたようだ。

「交通捜査課がメインで動いていますからね。ただちょっと気になるところもあって、こっちでも動いていたんです」

「監察係長自ら動くとなると、周囲の目もあるんじゃないですか」

「本庁職員の不祥事の疑惑ですから、それは仕方がありません。ところで間もなく交通捜査課から山下係長に直接連絡が入ると思いますが、ひき逃げ事故の容疑者に兼村誠治という男が浮かび上がりました。スターライト事務所の上層部にいるマネージャーです」

「何者なんでしょうね」

「組対四課か公安にしかわからないと思うんですよ」

「麦島組の構成員ですか」

「いえ、麦島組に近い存在ではありますが、構成員ではありません。こいつがどういう経緯で時枝公一、もしくは野々村明美と接点を得たのか知りたい」

「あの事務所の社長、相模は色々やっているからなあ」

さすが山下は話が早い。榎本が説明するようなことはほとんどなかった。

「野々村明美が兼村誠治名義の預金通帳を持っていたことが気になっているんです」

「事務所の裏金を野々村に運用させていた可能性もありますね」

「なるほど」

「相模はマスコミの使い方も巧いんです。自分と近い記者や編集者に、使用限度なしのクレジットカードを与えているとか。誰でも金で手懐けてしまう」

「使用限度なしって」

底知れない世界があるものだと榎本は思う。

「わかりました。兼村について早急にチェックしてみますよ。面白いものが出てくればいいんですけどね」

榎本は公安部の捜査状況についてもさりげなく聞いてから電話を切った。


マスコミと太いパイプを持っている山下はすぐに動いた。

「奥野ちゃん、また教えて欲しいことがあるんだけど」

週刊誌副編集長の携帯電話を鳴らした。

「スターライトの兼村誠治ってワルでしょ」

「ええ、芸能界大麻汚染の仕掛け人といえばいいですかね。しかもマッチポンプ野郎でもあるから、質《たち》悪いですよ」

「シャブじゃなくて、大麻？」

「シャブは最終兵器。どうでもいい存在に堕ちたタレントを最後に利用する時に使うみたいです。ただし、兼村は直接手出しはしません。その道の者にやらせるんですよ」

奥野はすらすらと得意げに話す。

「で、マッチポンプというのは何者かを使って警察に通報させるってこと？」

「芸能界でのし上がりたければライバルを撃つのが早い。葉っぱの美味さを手ほどきして、ハマったところでチクるんです。チクる相手は警察とは限りません。タレントの弱みに喰いつく反社会勢力だっていいんですよ。ゆすりネタになりますから」

山下は肩をすくめると尋ねた。

「運び屋に成り下がった元タレントもいるのかな」

「ええ、落ち目の奴に小さな店を持たせて、芸能人のたまり場にする。そこで葉っぱを出させたり」

「女優とかアイドルの場合は」

「一度表舞台から姿を消しても、復帰のチャンスを窺《うかが》っている連中が多いでしょ。彼女たちは一切合財を丸抱えしてくれるスポンサーが欲しい」

「丸抱えするには雇われ社長じゃ無理だな」

会話はテンポよく進んでいった。

「落ちぶれていても、芸能人という人種に目がない輩はいっぱいいますからね。若い元アイドルに欲情し、自由にしたいとか。タレント崩れなんて山ほどいますけどね。間違ってAVの世界に足を踏み入れた日には、吸い尽くされて二度と表に出てこられないでしょうね。かつてAV出身なんていうのが面白がられた時代もありましたけど、今やもっと現実はヘビーですよ」

「ネットに何でもかんでも出てしまうからね」

「女優やタレントが長続きするのは稀なこと。テレビから消えかけている連中を裏で捌いているのが兼村ですよ。若くて可愛いタレントの賞味期限は早い。新鮮さを失わないうちに、いい頃合いでAV業界に引っ張る……兼村はこの見極めが見事なんですすねえ」

ニヤニヤしながらしゃべり続ける奥野の顔が浮かぶ。

「兼村がやり手と言われる所以《ゆえん》ですか」

「才能、才能。あとね、先ほど山下さんは女を囲うのは『雇われ社長じゃ無理』と言ったけど、そんなことありませんよ」

「そうなの？」

「金融や証券のトップは、自分の裁量で金を回すことができるでしょう。また、大手広告代理店も別。兼村はパトロンの目利きでもあるんです」

「兼村って、タレントの仕分け業務以前は何やってたの」

「海外の大手証券会社のトレーダーです。頭いいんですよ。三十五歳で辞めたようですが、その時には十億単位の資産があったとか。今でも株の世界では有名のようで、海外の投資家とも人脈をもっています」

「どうして相模のような男の配下になっているんだ」

「とにかく女好きなんですよ。この仕事をしてれば一番早くいい娘をモノにできるでしょ」

「なるほどね」

悪事をはたらくにしても趣味と実益を兼ねてということか。

「もっとも警察だけは相当気をつけているようです。捕まるのが一番怖いのでしょうから」

「それなのに、どうして葉っぱを扱っているの」

「葉っぱは簡単に人を壊せるから。もしかして警察は奴に関して何か掴んだんですか」

週刊誌副編集長の奥野が興味を持つのも無理はない。

「とある交通違反で名前が出てきただけなんだけどね」

「へぇ、それはまた意外ですね」

「なんで？」

奥野は山下が何かを隠していると思ったのだろうか。

「少なくとも飲酒運転ではありませんよね、奴は酒を一滴もやりませんから。そもそも奴は滅多に運転しません。つまらないことでしょっ引かれるのを恐れて」

兼村が事故車両の運転を替わったのであれば、何か理由があるのだろうか。案外、車が高級な新車だったから運転をしてみたくなったのかもしれない。女も車も新しい方がいい、兼村はそんな男に違いなかった。

奥野から話を聞いた山下は、ビッグデータからスターライト事務所出身の一発屋タレントと、系列ＡＶ関連会社の所属女優をチェックし始めた。

「ひどいもんだ。確かに葉っぱに手を出している奴が多いな」

山下は次に交通捜査係の光野の内線にかける。

「野々村明美の部屋をガサった理由？　人身事故事実と身代わり出頭容疑です。部屋にあったものは金以外すべて押収しました。現金は本人に仮還付して、留置管理課の金庫に保管してあります」

「預金通帳に関して取調べを行っていますか」

山下は遠慮なく訊いていく。

「名義人に関することですね。特に兼村誠治に関しては厳しく追及しています」

と交通捜査係の光野。

「野々村が時枝公一ではなく、兼村誠治の身代わりとして出頭したという線ですね」

「その件は我々も今朝初めて聞いたことですので、午後から調べます」

光野は公安総務課の係長が何を聞きたいのか警戒しているのかもしれない。

「その取調べに私が同席してもかまいませんか」

ずばり切り込んで光野の反応を待った。

「へっ、係長が？」

「兼村誠治の裏の顔が少しずつ分かってきたところなんです」

「裏の顔といいますと……」

「野々村明美がどうして兼村の言いなりに動かなければならなかったのか。その二人と時枝公一との接点はどこにあるのか。うちとしては、そこを突きたいんですよ」

「なるほど。時枝公一が二人のために証拠隠滅をしなければならなかった理由も重要ですからね。野々村に関しては虚偽申告と犯人隠避での再逮捕も準備していますす。本件では一旦釈放して、地検で再逮捕するつもりです」

「いいですね」

無駄のない捜査手法だと山下は納得した。

「押しかけ弁護士が野々村に様々な入れ知恵をしているのでしょうが、事件が変わると、弁護士も一旦解任することになります。再逮捕して二日間は弁護士の接見を制限できますので、その間に徹底的に叩いてみようと思っています」

「弁護士のバックグラウンドについては、公安さんは把握済みなのですね」

光野はどこか公安と共同で捜査できることに喜びを感じているように思える。

「極左系とだけしか聞いていませんが。さらに事故の被害者も同じセクトということで、現場も対応に悩んでいます。この極左系の弁護士事務所とは以前から付き合いがあったようで」

「法律事務所自体が極左なのですか」

「極左系の弁護士は基本的にピンで活動しません。セクト間の争いもありますから」

「すると、この法律事務所と兼村はどういうつながりがあるのですか」

「このセクトは一部芸能関係者をたぶらかしているんですよ。金になりますから。今回、兼村とは何らかの形で利害が一致したのでしょう」

「そういうことですか」

光野は感心したように言った。

「それからもう一つお願いがあります。野々村明美の指紋、掌紋を確認したいのです」

「指紋？　それはなぜです」

「彼女の行動に不可解な点があるからです」

「たとえばどんな点ですか」

「彼女の実家は三年前に夜逃げして一家離散しているのです」

「一家離散……」

光野は絶句した。たしかに交通捜査係の係長にとっては想像を超えた話に違いなかった。

「三年前に父親が事業に失敗して夜逃げしていて、一家は全員がずっと行方不明でした。それがこの一年で突然、戸籍改変をして三回も転居をした。しかも、この二ヵ月で二度の転居です。この女自体が相当怪しいんですよ」

光野は「そうですか」と言いながらも、何か解せない点があるらしい。

「いや、そういう事実は供述調書には出てきていません。運転免許証の住所変更は二年前に一度。現在二十六歳ですから、二十三歳の時に一家で夜逃げをしているということですね。そして、今女の口座には金がうなるほど入っている」

「ついでに言えば、去年女は顔を変えましたよね」

「あの女は何者なんです」

光野がはっとして尋ねてきた。

「女はひき逃げ犯の身代わりではなく、逆に、何者かが女にすり替わっているのかも知れないと思ったんですよ。野々村明美を名乗っている別人がいるのではないかと」

「身代わりではなく、すり替わり？」

ひき逃げ事故の背景には得体の知れない真っ黒な闇が口を開けているような気がした。

「現時点では、あくまでもひとつの可能性です」

「過去の凶悪犯が野々村になりすましているんでしょうか」

「いえ、だとしたら自ら出頭することはありません」

「なるほど。夜逃げした野々村家には行方不明者届は出されていないのですね」

「だれも届けを出していません。実家のあった秋田県内に親族が住んでいますが、金のトラブルには巻き込まれなかったようですね。また、実家の家屋は、消費者金融も移転登記ができないため、競売にはかかっていませんでした。家は残っていますよ」

「登記上の変更はなされていないんですね」

不動産の所有権を主張するためには登記が必要だ。登記の変更がなければ、いかに事実上の支配があったとしても登記者に対して所有権を主張できない。

「消費者金融に野々村明美の父親が記したとする借用書は存在していましたが、そこに自宅である不動産を担保とする旨の記載がなかったのです」

「今どき、サラ金が担保も取らずに金を貸しますかね」

光野が訝しげに言った。

「そこも不思議なのです。担保を取っていれば何の問題もなく不動産の物権変動はできたはずなのですが、借用金額と担保物件との間に金額の乖離があり過ぎれば、それをもって直ちに移転登記はできないのです。持っていた家屋と土地に加えて、小さいながら工場も併設されていたわけで、資産とすれば数千万の価値はあると言われています」

「それならば、どうして夜逃げをする必要があったのでしょう！」

光野の声は興奮していた。

「奇妙でしょう？　夜逃げの裏にも何かあるのだろうと思って、県警にも話を聞いてみたのですが、全く未把握の事案でした」

「秋田県警は優秀と聞いています。本部長のキャリアも、それなりの人材が行くところですよね」

「それは私も同じ認識です。現在、うちの一個班が捜査を行っています。その結果待ちということで」

「では、そっちで野々村明美の指紋を入手されたんですか」

「過去に交通切符を切られていた事実がありました。左手の人差し指の指紋しかありませんが、これを参考に、空き家となっている実家の検証を行う予定です」

「令状は？」

「公安部ですからね。理由は何とでもなりますよ。現実に身代わり出頭の犯罪事実に加えて極左系の弁護士が押しかけてきていることも、裁判所の心証を極めて悪くしていますからね」

「他の部署では到底できない捜査スタイルです」

秋田から届いた野々村明美の指紋、掌紋と交通捜査係が採取したものとを照合したところ、完全に不一致との結果がでた。

山下が公安総務課長室に入るなり、課長の島崎の声が飛んできた。

「それにしても驚いたな。今、野々村明美を名乗っている者は一体誰なんだ」

島崎もまさかの事態に目をしばたたいている。

「指紋ですが、前歴者に該当する者はいません。また、公安部内の各課が収集した参考指紋にも該当者はいませんでした」

そして本物の野々村明美はどこにいったのか。

「韓国で顔を変えたついでに、指紋も変えてきたんじゃないのか」

「指印を確認した医師の判断では、指紋に細工した形跡はないとのことです」

「失踪した野々村一家の背後関係は調べているところだな」

「さらに一個班を投入して当たらせています。野々村明美の父親がやっていた金型加工工場の取引銀行にも行っています。ただ、夜逃げにしては帳簿や伝票等が全て処分されているのが気になります」

「金型加工ならば取引先があるだろう」

「帳簿がないので一切わからないのです。聞き込みでも週一ペースで大型トラックが来て荷物を運んでいたというだけなのです。また、税務署も二度、立ち入り調査を行ったようですが、当時の取引先はほとんどが隣接する山形県や新潟県内の会社で、主たる取引先に関して抜き打ち検査はしたものの、詳細な裏取りはやっていなかったようです。青色申告だったようで、山形県酒田市の税理士もついていたため、追徴等の処分を受けたこともなかったようです。売り上げは年商二億円程度だったようです」

「年商二億か。税理士の人定は取れているのか」

「その税理士は一昨年亡くなっています」

島崎は首を捻《ひね》ってしばし考え込んだ。

「闇から闇に葬られたような気持ちの悪い話だ。保有車両は処分されていたか」

「そこまで調べていません」

「税務申告書の写しは取っているだろ。そこに資産内容として記載があるはずだから確認すること。それから」

その後を山下が引き取る。

「兼村誠治ですね」

「そうだ。やはりあの男が気になるな」

「現在、戸籍謄本を取り寄せています」

そこには明らかに何らかの大きな犯罪組織の影がちらついていた。島崎は大きな目を見開いて山下を正面から捉えた。

「当庁の職員が計画的に狙われていたとなれば大問題だ。誰かがまた消される前に捜査を急ぐんだ！」

野々村家の保有車両は、全て秋田県内にある中古車販売店で廃車手続きが取られていた。県警の公安筋によれば、この店はとくに国外へ中古車を捌いていることで知られていた。

山下は野々村明美の戸籍謄本を詳細に確認していた。

野々村明美が改変した際の戸籍謄本を改めて確認すると、数多くの矛盾点が浮き彫りになった。

改変前の戸籍謄本を見ると、明美には両親と兄、弟がいるのがわかる。しかし改変後の謄本には二人の兄弟の名前がなかった。

「意図的な抹消か。役所の市民課が関与している可能性があるな」

そこへ捜査主任が声を上げた。

「係長。この二、三年の間に秋田県にかほ市だけでなく、日本海側の中小都市の役所が軒並みサイバー攻撃を受けています」

主任はビッグデータの分析結果を示した。秋田県から島根県まで、三十数ヵ所の役所に対し、サイバー攻撃が繰り返し行われていたことがわかった。狙われていたのは、戸籍や住民票を管理するコンピューターやそのサーバーである。

「組織的に行われた計画的犯行ですね」

「日本海側というのがポイントのようだ」

真犯人像がおぼろげに見えてきたような気がする。

「この時期に起きた日本の役所へのサイバーテロの九割が日本海側の都市、しかも港町の役所に集中しているんです」

サイバーテロによって誰も知らない間に戸籍が改ざんされていたのだろうか。

「北朝鮮の仕業なのか」

山下は舌打ちをするとまた「北朝鮮の工作員か」とつぶやいた。

「もしかして『土台人』ですか。すでに過去のものとなった工作員用語だと思っていましたが……。奴らは未だに土台人作業を日本で進めているのでしょうか」

「『土台人』とは北朝鮮の諜報機関の工作員が用いる用語の一つだ。工作員が日本に潜入する際、対日工作活動の土台として利用する在日朝鮮人を指す。土台人となった者たちは工作員に生活インフラを提供しなければならない。

「地下ではまだ作業を進めているのかもしれない。土台人が北の工作員の起点となり、初めて工作員は動くことができるんだからな」

「しかし、野々村家は在日ではありませんよ」

主任は怪訝そうに言う。

「そこに最初のすり替わりがあったのだろう」

「すると本当の野々村家はどこに行ってしまったのでしょう。まさか、北朝鮮にいるのでしょうか」

「北の工作員の日本での主な活動目的は拉致、諜報、不正輸出入の三つ」

土台人によって日本に生活基盤を作った工作員は、土台人にすり替わって日本社会に溶け込んでいく。そして在日朝鮮人や、日本の左翼団体の関係者を協力者にして、より深いところまで入り込んでいくのだ。中には反社会勢力と手を組む者たちもいる。

「大掛かりな組織が出てきましたね。そんな金はどこから出てきたのでしょうか」

「札幌の繁華街、ススキノにある有名ジンギスカン店の経営者夫妻は、多額の金を北朝鮮に献金してきた。それが祖国に貢献したと認められ、特別永住者としては異例の北朝鮮の勲章『国旗勲章一級』を二度にわたり授与されている。しかも所得税法違反容疑で逮捕されていながら。日本国に税金を支払わず、本国に送金する。パチンコ屋、焼肉チェーン、中堅衣料品メーカーなんかの中にも、その手の企業は実はたくさんある。そんな企業のコマーシャルに出たり、店を訪れてサインをしていく芸能人の多くも北の出身者だ」

一部の在日朝鮮人の中には、母国の指導者に盲目的に従う者がいる。

「北は日本の実業界、芸能界にがっちり入り込んでいますね」

主任は苦々しい顔で言った。

「芸能界といえば兼村誠治の捜査の続報は」

「奴は株式のトレーダーをやっていたようですが、この運用元が北朝鮮との関係が深い企業が多かったようです」

「例えばどの辺？」

「ゼックランド社。地対空ミサイルのレーダーに使われるおそれがあった、光学機器をインドに輸出し、その後北朝鮮への迂回輸出が判明した企業ですね。アストロドリーム社。株式上場した途端にロシア企業に身売りした人工衛星開発会社です。そして焼肉屋のモライパリ。中央競馬会ではキザクラコムスンの馬主として有名ですよね」

「僕は絶対にモライパリで肉を食わないようにしているけど、あそこの社長も北から国旗勲章一級をもらっていたっけ」

「金持ちと芸能人のパイプ役にもなっているとか」

「車両事故が思わぬ事象とつながっていたな」

「ソトニ（外事第二課）の協力が必要でしょうか」

外事第二課の事務分掌はアジア、特に中国、北朝鮮による対日有害活動を監視、阻止するセクションである。

「サイバーテロによって戸籍そのものを改ざんしてしまえば、土台人は必要でなくなるわけだ。失踪者になりすませばいいだけだから、手っ取り早い」

島崎はなるほどといった面持ちで言った。

「失踪者を作り出すシステムが必要だったわけですか」

外事第二課長は言った。

「あらゆる手法を使って、善良な国民を破産者に仕立て上げるとは許せませんね」

と山下は憤って続ける。

「野々村一家は犠牲者なのかも知れません」

山下はふと、時枝公一もターゲットにされていたのではないかと思った。いや公一だけではない。時枝一家もまた組織的な攻撃の犠牲者になっていたのではないか。

「野々村明美の取調べだが、外事警察の専門家にやらせた方がいいな」

外事第二課長が言った。判断と行動が早いキャリアとの認識通り、課長はすぐに動いてくれた。

「取調べの立ち会い官として外事第一課のキャリア管理官を充てて、彼にも対日有害活動の現実を学ばせておいた方がいいだろう」

外事第一課には管理官見習い的な立場でキャリア警視が毎期一人ずつ着任してい

た。彼らは主に対ロシアを担当していたが、ロシア経由で中国や北朝鮮、さらには中東情勢を探る任務に携わっていた。

野々村明美の取調べには、外事第二課のエキスパート警部補、梅谷《うめたに》が指名された。

野々村はひき逃げ交通人身事故の容疑による三度目の検事調べが終わったところだった。一旦留置場から警視庁本部二階にある取調室に移送された。

制服を着た交通捜査係の係員が、野々村明美に検察官が発した釈放指揮書を示して言った。

「君をひき逃げ事件に関して嫌疑不十分で釈放する」

野々村の顔にはやや戸惑いがあったが、すぐに満面の笑みに変わって係員に向かって言った。

「ふん、証拠が出なかったのね！」

着替えと保管されていた所持品と押収されていた預金通帳を還付された野々村明美は着替えのため、ようやく取調室で一人になった。大きく背伸びをして、五日ぶりにスウェット上下から服を着替えると、予《あらかじ》め伝えられていたとおりに室外で待つ女性留置係員に声を掛けた。すると、女性留置係員に加えて男二名、女一人の計三人の私服警察官と思われる者が取調室に入ってきた。

「さて、自称、野々村明美こと氏名不詳、戸塚七号。あなたを証拠隠滅と犯人隠避の罪で逮捕する。逮捕状を読み聞かせるから、自分の目でも文章を確認しながら聞いておくように」

逮捕状に記された文字を野々村に確認させた。ゆっくり読み上げるそばから、女の顔面が蒼白になった。

「まず、弁解の機会を与えるが、お前の名前がわからない限り、戸塚七号と呼ぶことになる。これからお前を徹底的に調べあげるからな」

弁解録取書の質問に対して「戸塚七号」は黙秘した。

「黙秘か。そうなると弁護人を呼ぶこともできないな」

取調官の巧みな技だった。

野々村明美を名乗っていた女は一瞬目を見開き、顔をこわばらせたが、すぐに静かに目を閉じた。

間もなく、所持品の預かりが始まり、一旦身柄を留置場に移されて厳重な身体検査が行われた。取調官に戸塚七号が自殺を企図するような薬物等の存在がないことが留置管理課から報告された。

再び取調室に連れてこられた戸塚七号に取調官が言った。

「さて、最初にスターライト事務所のマネージャー、兼村誠治との関係から話してもらおうか」

考える暇を与えない、まさに先制攻撃だった。戸塚七号が再び目を見開いた。取調官は表情を変えずに言った。

「戸塚七号、あの時、運転していたのは時枝公一ではなくて、兼村誠治だったんじゃないか。危うく騙《だま》されるところだった」

戸塚七号の口元が痙攣《けいれん》している。

おびえ出したら思う壺である。取調官は第二手を繰り出した。

「お前も北朝鮮のクソ共の手先なんだろう？　去年ならまだしも、長距離ミサイルを撃った挙句に拉致問題の解決まで放棄したクソ共に対して、こちらとしては何の遠慮もない。お前のお友達も片っ端から引っ張って、二度と陽の目を見ることができないようにしてやるからそのつもりでいろ」

悪寒が走ったのか、戸塚七号は背中をびくりと震わせる。ふと見れば指先も震えが止まらない状態だ。

「お前はいつから野々村明美という名前を使い始めた？　本当の野々村明美とその

家族をどこにやった」

戸塚七号が唇を嚙みしめたのを見て、取調官は順調だと思った。屈辱に身もだえすればいい。自らの名前をまるで記号のように「戸塚七号」と呼ばれる屈辱に加え、母国の仲間を「クソ共」と呼ばれているのだから無理もない。すべてお前がしくじったせいだ。お前がパクられたことで、仲間の存在まで明らかになってしまったんだ。あげくに死ぬことすらできないんだ。苦悶の火の中で延々と焼かれればいい。

「悔しいだろう。これからもっと悔しい思いを味わわせてやる。本当はすぐに薬を飲んで死にたいよな。でもよ、お前の大先輩の航空機爆破女も、今ではすっかり改心しているそうだぜ。人騒がせで情けねえ話だ。スパイで捕まった死に損ないの哀れなことよ。誰もお前を守ってくれやしない。それがお前の国の真の姿だ」

再び戸塚七号は顔面に憎しみを漲《みなぎ》らせて取調官を睨んだ。

「日本にはスパイ防止法がないから大丈夫とでも思っていたのか？　罪名なんてなんとでもなるのがスパイ捜査だ。この女、こっそり中国やアメリカにもいい顔をしていたんですよ、って情報操作するだけで、馬鹿な北は飛びついてくるよ。お前のパソコンに細工するなんてことは朝飯前だよ」

戸塚七号は生唾をのんで黙った。同席している二人の警察官は女とは目をあわせなかった。

「戸塚七号。何とか言ったらどうだ」

鼻から息を大きく吐いて戸塚七号は姿勢を正す。

「弁護士を呼んでちょうだい」

取調官はフンと鼻を鳴らす。

「どこの誰かも言わない、犯罪事実の認否もしない奴に弁護士を選任する権利なんてねえんだよ。それとも何だ、朝鮮総連に連絡して仲間の弁護士でも呼んでもらうか。遮蔽板越しにマイクで話をさせてやってもいいけどな」

再び戸塚七号は黙秘に入った。

「面白いじゃないか。時間はたっぷりある」

戸塚七号は取調官の動きを目で追っている。

取調官は戸塚七号が目に入らないかのように、取調デスクでパソコン操作を始めた。

三十分以上、誰も喋らない。

その間にも取調官のパソコンには情報が次々と送られてきていた。

戸塚七号の気が緩んだところを見計らって、取調官は唐突に口を開く。

「そう言えば兼村誠治の祖父さんは北朝鮮からの密入国者だったよな。奴は日本の公立高校から北京大学に留学して香港の外資系証券会社から日本に入ってきたようだが、ヤクザもんとの付き合いが凄いらしいな」

戸塚七号の視線が泳いだ。顔に怯えが走ったのを取調官は見逃さなかった。

「兼村誠治も間もなくパクらなきゃならないんだが、もう少し泳がしておくとするか。お前に奴の金三千万円を預けていることを知っているわけだ。奴も何らかのアクションを起こさなきゃならないだろう。お前の両親に対してか、他の家族か、親族かは知らないが、お前の本国のクソ共は、今頃、懸命に金集めに走っている頃だろうからな。銀行口座の差押えを間もなく国が発動することになるだろう」

戸塚七号は落ち着きなく視線を動かした。明らかに動揺し、どうこの場を切り抜けてよいのか分からないといった様子である。

「そう言えばスターライト事務所所属のタレントで、あんたに似た顔があったたな」

取調官の言葉に戸塚七号が思わず顔を上げた。

「やはりな。芸名は森田美玖《もりたみく》だったっけ。本名は金村國江《かねむらくにえ》。兼村誠治も祖父さんの代までは金村を名乗っていたようだな。本籍地は佐賀県嬉野市」

戸塚七号がきつく目を瞑った。

「次から次へと新しい情報が出てくるぜ。明日の朝にはほとんどわかっているだろうな」

取調官自身が驚くほど次から次へと情報が飛び込んできていた。

戸塚七号が瞑った目頭にそっと手を押し当てた。目頭からこぼれ出ようとする涙を懸命に押しとどめようとしているように取調官には見えた。しかし、その甲斐もなく戸塚七号の目頭から涙が次から次へと溢れた。

「榎本係長、女が落ちました」

榎本のデスクに公安総務課の山下係長から電話が入ったのは、公安部が戸塚七号こと金村國江を逮捕した翌日だった。

「何者だったのですか」

「北朝鮮の土台人一家でした」

「思わぬ犯罪と絡んでいましたね。驚きましたよ。時枝公一との関係は?」

「時枝公一は脅されていたようです。それも、全く根も葉もない話を真に受けていたようです。この点に関しては榎本係長の聴取にお任せいたします」

「どういうことですか」

「時枝公一の妹さんの名前を使われたようです」

時枝公一の妹、さなえは大学一年の時に芸能界にスカウトされたが、そこは北朝鮮系プロダクションだった。ほどなく、ロッカールームで着替えを隠し撮りされ、この写真をネタに脅しを受けた。さなえの母方の力で事を収めることはできたが、さなえは急遽アメリカに留学することになったのだった。

しかし、公一はこの顚末《てんまつ》を知らなかった。兼村は改めてゆすりのネタにすることを思いついたのだろう。妹の胸があらわになった写真を見せられた公一は、脅しを受けることになった。

「えげつない脅し方だったのですね。それにしても、時枝一家はとうの昔に調べられていたんでしょうね」

「それが土台人の仕事です。それにしても今回、榎本係長が兼村誠治を見つけ出してくれなければ、今回のような一気の解決には至らなかったです。さすがとしか言いようがないですよ」

榎本は山下の捜査に協力ができたことを素直に喜んだ。

「時枝交通部長が辞任するそうだ。時枝公一は証拠隠滅に関して不起訴にはなったが、懲戒処分は避けられない」

　兼光人事一課長が榎本に言った。

「今回の事件は氷山の一角なのでしょうか」

　まだ発掘されていない黒い案件はいくらでもあるだろう。

「公安部の捜査能力が以前よりも落ちているのは確かだ。ヒューミントが低下しているからだ」

「その点、北の工作員は今もヒューミント重視です。じつに巧みだと思います」

「本件は公安部にとってもショッキングな事件だっただろう。勝って兜《かぶと》の緒を締めよ、ということだな」

　後日、榎本は時枝公一の聴取をした。公一は嗚咽《おえつ》を漏らしながら詫び、最後には再起を誓った。

「まだまだ君は若い。これからの努力で取り返すことができる。いい試練だったと思えばいい。もう君は部長の息子ではない。庇護者はどこにもいないんだ。自分の力で這《は》い上がってこい」

第二章　公安の裏金

「公総課長はちょっとヘンらしいですね」

午後二時。公安総務課の山下直義は、部下の若松《わかまつ》と虎ノ門の喫茶店でポークカレーをかきこんでいた。

「どうなんですか、係長」

若松は山下の毒舌を期待するように好奇の目をしている。

「あの年次のキャリアは全滅だろう。みんなハズレさ。長官、総監を輩出することはないが、唯一絶妙な立ち位置で首を繋いでいるのが、我らが安森《やすもり》新公総課長というわけだ」

若松は吹き出しそうになりながら、肩をゆすって笑った。

「相変わらず係長はキャリア人脈に詳しいですね」

「各年次から一人ずつ、長官か総監を出すのがキャリアの出世ルールだったんだ。

でも、この十数年はそのルールも崩れてしまった。オウム事件の影響だよ。あの時の局長、企画課長級は皆優秀な方だったそうだが、誰も残らなかった」

若松はスプーンを持った手をしばし休める。

「オウム事件というのは警察組織にも大きな影響を与えていたんですね」

頷きながら、山下は一つの米粒も残さずきれいに平らげた。

「長官が撃たれて、しかも犯人未検という無様な結果を残したのは事実だ」

「あれは本当にオウムの仕業だったのでしょうか」

その真相を知る者は少ない。

「とある無能なキャリア指揮官が、事件発生直後からオウムの犯行と決めつけてしまったところに落とし穴があったようだ。他の選択肢について、吟味する前に捨ててしまった。いわば初動捜査のミス。重要事件の犯人未検は往々にして初動捜査に落ち度があると言われているんだ」

山下は得意になって部下に持論を展開した。

この秋、島崎公安総務課長が突然の異動辞令を受け、警察庁の人事企画官に栄転した。二人のキャリア本部長の不祥事が原因で急遽異動が決まったとの噂である。

「今度うちに来る課長は、これまでどんな仕事をしてきた方なんですか」

「一言で表すとろくでもない野郎だ」

さすがに驚いた様子で若松は周囲を窺う。

「そこまで言っていいんですか」

「まあ見てりゃわかる」

「しかし、山下係長の立場ですと直接火の粉が降りかかってくるんじゃないですか」

「上の管理官クラスは大変だろうなあ」

公安総務課は公安部全体の予算を握っている。この予算額は中規模県警察全体の予算よりもはるかに大きい。

「どうしてそんな人が公総課長という主要ポストに来たんですか」

「消去法でなんとか残った名前なんだろう。キャリアだって全員が優秀なわけじゃ到底ないからな。キャリアの中にもたまには優秀な奴がいる、それくらいの感覚でちょうどいいんだ」

喫茶店にはちらほら客がいたが、山下はお構いなしで喋り続けた。

新任の公安総務課長、安森真人《まさと》の着任講話が警視庁本部十七階にある大会議室で行われた。

「警視庁公安部は警備部警護課のＳＰを除いては、全国に展開して捜査を行う唯一の団体です。しかしながら、それらの活動のすべてが有意義であるとは言い切れません。その一つ一つを私は自分の目で確認していくつもりです。つまり、動く総務課長になりたいと考えています」

公安部の主たる活動の一つが長期的な視察活動である。長期的であるがゆえにそれを中断することに関しては極めて慎重かつ機を見た決断力が必要なのだ。

既に、安森は着任時に事件担当理事官から視察拠点についての説明を受けていた。

公安部の金を握っているのは公安総務課庶務係だ。

庶務担当は東京都と国から個別で渡される予算を適正に分配する。この適正な分配が実は大きな問題を抱えているのだった。中でも国から渡される予算の半分以上が「紐付き」と呼ばれる、支払い目的と渡し先が指示されたものである。そしてその大半が協力者に対する謝礼の支払いと活動費、活動拠点の支払いに充てられていた。

「庶務担当管理官を呼んでくれ」

講話が終わって自室に戻ると、安森は別室担当者にインターフォン越しに言った。

別室とは警視庁各部のトップスリーそれぞれの個室の総称である。

人間関係を重視するキャリアは、デスクから立ちドアを開け、別室担当者に口頭で依頼をすることが多い。対して権力意識が強いキャリアは、インターフォンを使う傾向がある。またFBI研修を終えた者の中には、秘書とはインターフォン越しに話すのが欧米流などと思い込んでいるタイプもいた。

庶務担当管理官の朝原《あさはら》は、総務課長室のドア前で姿勢を正してからノックする。

「朝原でございます。入ります」

庶務担当管理官のポストは頭脳明晰であるが、実務経験が少ない者が就くのが慣例だった。

「公安部の予算ってすごいね」

安森はいきなり素人のようなことを言う。

「全国に一つしかない組織ですので、データの蓄積ひとつ取っても予算が掛かります」

「人も多いよね」

「二千人足らずです」

「全国四十七都道府県警察で、全警察官が二千人に満たないところが四分の一あるんだよ。それを考えれば大組織でしょうが」

「仰せのとおりでございます」

朝原管理官は深々と頭を下げる。

「講話でも言ったけど、これから私が全国に散らばるうちの拠点を自分の目で視察して、その必要性を見極めたいと思っている。その前に公安総務課内の予算分配を確認しておきたいんだよ」

「それは引継ぎ書類の中に添付しております」

「引継ぎ書類が多すぎて、まだ全部目を通していないんだよ。それから、公総の設置している拠点の一覧も欲しいんだが」

「拠点に関しましては各管理官が保管しておりまして、課長の手元には置いておりません」

「どうして課長が知らなくていいのよ」

「公安部各課の申し合わせで、伝統的に各管理官がそれぞれの担当範囲を掌握することにとどめています。これは警察庁警備局長、警備企画課長、警備企画課理事官、公安部長も承認されている事案でございます」

「警備企画課理事官って、チヨダのことでしょう。今の理事官は僕の後輩だよ」

「存じておりますが、申し送りでございますので、急に覆すわけには参りません。課長ご自身が各管理官を呼んでデータを収集されれば資料にできると思いますが、私の立場では出来かねます」

「ふーん」

安森は不機嫌そうに朝原を睨んでから話を変えた。

「それじゃあ、各担当の予算配分表は引継ぎ書類の中のどこにあるんだ」

デスク脇にある鍵の掛かった袖机の鍵を開け、安森は分厚いバインダーを取り出した。

バインダーの厚みは二十センチほどだろうか。

「このどデカいバインダーがあと三つもある。すぐに目を通せるわけないだろう。この中に書いてありますって、不親切なんだなあ」

朝原は軽く頭を下げて安森からバインダーを受け取ると、すぐさま三枚のＡ４用紙を引き抜いた。

「これを見せて欲しかったの」

用紙を朝原からもぎ取ると、安森は食い入るように課内予算配分表を見ている。

「国からの予算が一番多いのは調査六係、七係だね。いわゆる作業班でしょう。それぞれ六個班もあるのか」

安森が目ざとく重要な数字を見つけて指摘してみせたので、朝原は内心意外だった。

「じゃ調六、調七の警部補以上の名簿を見せてくれるかな」

「どの程度詳しい名簿が必要でしょうか」

「潜入捜査をしている者、活動拠点に入っている者、直接情報収集活動を行っている者がわかればいい」

朝原は命じられた通りすぐに名簿を用意した。

この名簿には顔写真の他、人事データの概要と公安警察としての業務推進データが詳細に記されていた。

「金を使っているのは調七か。群を抜いている」

安森は調査第七係担当管理官の宮澤警視を部屋に呼んだ。

「調八だけで、国から月に一千万円以上も活動費をもらっているんだね。運用はどうなっているの」

「半分は庶務が預かり、残りの半分は捜査員の活動費などに充てています」

「庶務が預かった月五百万ほどの行方は」

「組織が使っている分もあると思います」

「それはピンハネをしているということか」

安森が目を細めて嫌味たらしく言ったが、宮澤は動じない。

「どこのセクションも金が足りないのです。捜査員が協力者と接触する際には、協力者を運用している捜査員だけでなく、その防衛要員として複数の捜査員を配置しなければなりませんが、その費用は国からは届いておりません」

「都費はどのように運用しているんだ」

「都費は都の会計監査に答える必要があるため、明細を公開できるものにしか使用しません。主に交通費や出張経費を都費でまかなっています」

「拠点費用は出張扱いで運用しているわけだな。ホテルの宿泊費はどうなっているんだ」

「現地の警察協力者から車両を提供してもらっていますので、そこを拠点とすることにしています」

公安警察が用いる協力者と警察協力者は違う。警察協力者とは安全協会や防犯協会などの会員で日頃から警察行政を積極的に支援してくれる人々を指している。

「そんな言い訳で通るのかね」

「現地を見に行くわけではありませんし、実際よりも安い経費を計上しているので、都の監査でクレームを付けられたことはありません」

「公安部の予算に関しては、会計検査院や都の監査も踏み込むことができない部分があるってわけだな」

安森は公安部内の予算に強い興味を示し始めた。もっとも宮澤にしてみれば、これほどの公安素人が公総課長の席に就くとは思ってもみないことだった。

「ところで、君のところの山下警部。どうしてこんなに突出した予算がついているの」

「運営している協力者が多いからです」

「この金額を認めているわけか」

「そうです。会計課ではなく警備局の警備企画課から下りてくる予算ですから」

「いわゆる機密費ね。山下警部の勤務評定は」

「トリプルAです」

「ほお」

安森は山下個人に興味を持った様子だった。

翌日安森は今度は山下に課長室に来るよう命じた。別室から宮澤管理官経由での呼び出しである。

「山下係長、課長がお呼びだ」

宮澤は顎をくいと動かして課長室を指した。

「用件は何でしょう」

「捜査費の関係じゃないかな。山下のパーソナリティと金の関係が知りたくてたまらないようだったよ」

「私の仕事内容でなく、金の使用先についてですか。本当のことを知ったら困るのは課長なんでしょうけどね」

「分かっているだろうが、あまり本当のことを言うなよ」

山下は笑った。

課長室に入り、でっぷりとした腹を突き出して座っている安森の前に立ち一礼する。

「山下係長はいい仕事をしているそうだね」

さぐるような目つきの安森。

「給料に見合う仕事はしているつもりです」

「山下係長の仕事に対する姿勢は何なの」

「国民の負託に応えることだけです」

「都民ではなく国民か」

「確かに給料は都からいただいていますが、作業費のほとんどは国からいただいていますから」

山下は敢えて金の話をしてみた。

「山下係長に月々どれくらいの予算が下りているか知っているの」

「だいたいは存じ上げています」

「だいたいってどのくらいかな」

「月三百万円程度の機密費をつけていただいていると」

「誰から聞いたの」

「申せません」

「上司である課長の私にも言えないの」

安森は目を細めたり丸くしたりしながら山下の出方を待っている。

「言えません」

山下はわざと間を開けてぶっきらぼうに言った。突如安森の目に怒りの色がさす。

「山下君。毎月三百万も使っているの。ちょっとやりすぎなんじゃない」

山下に対する呼び方を変えてきたのが面白い。

「いただく額はその半分の時が多いです」

「不服ではないのかね」

「組織の金ですから」

「本当にそう思っているのか。国家が君に与えた金の半分も手に届かないんだよ。それが組織だと本当に思っているのか」

「組織には緊急に金が必要な時もありますから。特命で三百を預かることもあります。もちろん、領収書を必要としない金です。使い切って当たり前の金額です」

「そういう特命を誰から受けるのかね」

「ほとんどが課長からです」

「その他は」

「部長です」

「それは例えばどういう捜査をした時のことなの」

「その時々の部長、課長から下りてきた特命案件です。ここでお話しするわけにはいきません」

安森は腕組みをしてから頬をひきつらせた。目が血走っている。

「それで君は結果を出してきたと。たいした自信だ」

そしてじろりと山下を睨《ね》め付けた。

「いいか、今後私も君に頼みごとをするかも知れないよ」

山下は顔色ひとつ変えずに口を開く。

「それは頼みごとではありません。命令です」

突如安森の口角が上がる。

「そうだ、命令だな」

椅子にふんぞり返ると勝ち誇ったように笑った。

「さて、山下君は部内で情報のプロと言われているようだが、情報収集の基本は何なのかね」

「警察捜査の基本と同じです」

「第一次捜査機関としての責務があるということです。刑事の皆さんは『公安捜査は警察捜査ではない』とおっしゃる方が多いようですが、それは捜査の本質を知らないからで、私はそんなレベルの話に全く耳を貸す必要はないと思っています」

「へえ、捜査の本質とは大きく出たね。それは何だと考えているの」

安森は生きのいい部下との会話を楽しんでいるようだ。

「警察捜査は警察法第二条の警察の責務とされる『個人の生命、身体及び財産の保護に任じ、犯罪の予防、鎮圧及び捜査、被疑者の逮捕、交通の取締その他公共の安全と秩序の維持に当ること』に関する、証拠の発見収集、犯罪にかかわる情報、資料の収集分析です」

「なるほど、捜査が行政行為であることをはっきり認識しているんだね」

山下はその質問には直接答えず、その先を読んで答えた。

「様々な捜査手法がある中で、私は公安捜査の一類型としての攻略型捜査を展開しているんです」

「攻略型捜査なんて初めて聞く言葉だな。誰が言い出したの」

「古くは警察上級幹部の方かとは思いますが、私が学んだのはお亡くなりになりました高倉《たかくら》元公安部長です」

「公安の伝説のエースか。日本警察のトップに立つべき人物と言われていたのに惜しかったね。私は面識はなかったけど」

「高倉さんなくして今の私はありません」

「しかし意地悪なことを言うようだが、後ろ盾がなくなって、君も苦しいんじゃないの」

「寂しいことは確かですが、苦しいことはありません。教えは私の体の隅々に生きています」

「ほう。どういう教えなんだい」

安森が、高倉の教え自体に何の興味も示していないことは明らかだった。

「その質問にお答えするには、ニーチェから語らなければなりません」

「ニーチェが出てくるとは思わなかったな」

「あと学生時代に和辻哲郎全集を十回は読みました」

「えらいね。今の君の心境は何なんだい」

「ただ今の私の心境を実況すると……」

この課長とこれ以上話しても仕方がないだろう。そろそろ自分の仕事に戻らせてほしいと山下は思い、とぼけたことを言って様子をみた。

「おい、そうじゃないよ。今、公安部員の中間管理職として、どういう心境で仕事をしているのかと聞いているんだ」

「則天去私です」

またしてもぶっきらぼうに答えると、安森は痛快とばかりに目を細めた。

「君は面白いなあ。今度は漱石か。しかも若い君が晩年の漱石の言葉を持ち出すとは驚いたよ」

山下はあえて何も言わなかった。

「公安の若手ホープ、山下君。まだ世の中を達観するには早いと思うが、その視野の広さは評価しておこう」

ご満悦の安森の元から山下はようやく解放された。

山下が自席に戻ると宮澤管理官が声を掛けてきた。

「随分長かったな。何を聞かれたんだ」

「最初は管理官の予想どおり金の話でしたが、後半は公安捜査や僕自身に関する漠然とした質問をいくつかです」

「あのキャリア課長は、県警の公安一課長が振り出しなんだ。その後は目立った経験がないんだよな」

山下は頷いた。先刻承知である。

「安森課長の名前が浮上したのは、この五年と言われていますよね」

「それはどういう経緯なんだ」

宮澤は山下がどの程度で知っているのか試しているのだろう。

「まずあの年次のキャリアは総じて評判が悪い。なので、あの課長にもチャンスがまわってくるという奇跡を前提に話を進めます。彼は元々養子ですね」

「ははは、年次の話はさておき、養子ね。養父が偉いの？」

「いえ、養子先は中堅企業の社長なんですが、彼の嫁さんの妹の嫁ぎ先がよかったんです」

「義理の弟の実家が裕福なのか」

「民自党幹事長、寺岡《てらおか》の息子に嫁いだんです」

「そうなのか」

宮澤が真顔で驚いている。

「寺岡幹事長は間もなく息子に地盤を譲るようですが、問題は地元の参議院の議席です。三年後に空きそうなんですよ」

「なに、安森は政治家に転身する気なのか」

山下と宮澤は顔を見合わせる。

「義妹が結婚したのが二年前で、その際に寺岡幹事長が本人に打診したという噂も地元では流れていたようです」

「県警情報なのか」

「はい。県警の公安一課長補佐が警大同期で、相談を受けたことがあったんですよ」

山下はこれまで警察庁が行う警備系の講習を四回受講しており、その際に多くの仲間を全国に作っていた。

「他に安森課長の噂話はあるのか」

「振り出しは県警の公安一課長なんですが、彼が離任したとき金庫が空っぽだったとか」

山下はにやりと笑った。

「政権交代時の官邸の金庫みたいな話じゃないか。彼は最初から金に汚かったのか」

「育ちが悪かったんでしょうか」

「養子で苦労したのかな」

「そういう生い立ちをバネにして成功する人もたくさんいるわけですが」

「県の金を持ち出すのは犯罪ではないのか」

「これが案外多いんですよ。私が知っているだけでも五人はいます。おそらく、同類で〝上納〟していたのかも知れません」

「ヤクザじゃあるまいし」

「いや、そういうグループがあるんですよ。かつてうちの参事官にいた野郎もそうでした。最後は公安部の金を一部持ち逃げしていきましたが、今度の課長もその系列ですね」

「北岡《きたおか》の野郎と近いと」

「そのようです」

さすがの宮澤もここまでは知らなかったようだった。

「それで公安総務課長に抜擢されたのか」

「官邸と寺岡幹事長の関係はイマイチですからね」

「山下はよく知っているなあ。官房長官情報なのかい」

「警察庁幹部も、ある程度言うことを聞いてくれる議員を確保したい気持ちはありますからね。それが安森さんでいいのか、大いに疑問ですけれど」

山下は再び笑った。


監察係は忙しかった。

「榎本係長、首席がお呼びだ」

上村《うえむら》監察官が自分のデスクに戻るなり、報告書を作成中の榎本に言った。

「急ぎなんでしょうね」

榎本は小さくため息をついてラップトップを閉じる。閉じた際、文書が自動的に保存されるように設定してあった。

榎本は上村監察官に一礼して首席監察官席に行った。

「首席、お呼びでしょうか」

資料から顔を上げた奥瀬《おくせ》は、デスク近くまで来るよう榎本を手招きする。

「榎本君は公安部の山下係長と仲がよかったよね」

何かと思えば、また山下直義の話題である。

「はい。いろいろ教えていただいていますが」

「実はね」

奥瀬は渋い顔で切り出した。

「今、公総課長から呼び出されて、山下係長の行確を命じられたんだよ」

榎本は驚きを通りこして憤りを覚えた。

「どういうことですか」

「いや、安森課長は山下係長がうちの参事官や、総監、副総監とも直につながっていることを知らないいんだよ。私の立場からもそれを教える必要はないと思って、公総課長には伝えもしなかったんだがね」

「行確をする理由は何なのですか」

「不透明な金の使用を調べて欲しいということだ。何でも、月々の作業費は百五十万円を超えているらしいんだ」

金額だけを聞けば確かに法外かもしれない。ただ山下は何人もの協力者を運営しているのだ。大物との人脈の維持にも相応の金がかかるのだろう。

「国の監査を経て予算がついているのですから、来たばかりの課長が口出しすることではないようにも思います」

「安森さんは公安に関しては素人だからね。今回の異動についても、皆首をかしげている」

「人事企画官の補佐としての理事官からの抜擢ですから、人事企画官の配慮だったのではないですか」

「その人事企画官も新任だ。刑事部が公安部の動向を探ろうと送り込んだんじゃないかって噂だ」

「公安総務課長クラスの異動にまで官邸はタッチしませんからね」

奥瀬はまあな、と頷く。

「警視庁の部長クラスの異動については、官邸もチェックするようだ。現に今の刑事部長は前官房長官秘書官だからな」

「だから現在、政治家の汚職摘発が進んでいるのかも知れませんね」

「そうだな。最近の捜査二課は元気がいい。ところで山下係長の件は、榎本君のところでやってくれるかな」

済まなそうに頭を掻く奥瀬を前にもちろん拒否はできないが、

「友人を追うのは嫌なものですね」

つい榎本は漏らした。

「うちの参事官からも、榎本君にやってもらえばいいと言われていてね」

兼光人事一課長の判断ならなおさら仕方がない。

「わかりました。山下係長の捜査手法を盗むような結果になるかも知れませんが、勉強のつもりでやらせていただきます。それよりも、山下係長は、何らかの理由で公総課長に目を付けられているのでしょうね」

「参事官は言っていたよ、山下係長は確かにやんちゃなところがあるからって」

榎本は、兼光が山下に期待をかけていることを知っている。

「本件、率直にどう感じている」

奥瀬は改めて榎本の目を見て聞いた。

「山下係長の実力を知らない公総課長が、優秀な情報マンの動きを知ったら驚愕すると思います。僕自身、彼の動きを見させてもらえば勉強になります」

「逐次報告してくれ」

「こちらも心してかからなければ逆問を受ける可能性もあります。泉澤班一個班を充てたいと思います」

「一個班？」

「相手は行確のプロですから、こちらもそれなりの布陣で臨まねばなりません。しかも通信傍受はできませんから、追っかけ勝負になります」

「まず一ヵ月間、徹底した行確をやってくれ」

それから榎本は富坂分室に向かった。

まさかの「特命」である。


「澤っち、今回の相手は相当手強いと思ってくれ。一個班七人体制で追っかける」

概要を聞かされた主任の泉澤は目を丸くして驚いた。

「公安総務課の山下係長と言えば係長の友人ですよね」

優秀な情報マンとして、つい先日話題にしたばかりである。

「いつもにもまして慎重に事にかかってくれ。それから泉澤班の残りの三人なんだが、安森公総課長を追ってくれないか」

「えっ」

泉澤は絶句してしまった。

「これは秘匿だ。僕なりの考えがあって動こうと思うんだ。彼の庁外の動きだけ押さえてくれ」

「安森課長が出張に出る際は、追っかけるのですよね」

「公総課長が出張することはあまりないとは思うが、その際には事前に別室から連絡が入るようにしている」

　榎本はすでに動き出していた。

「公安部別室をすでに押さえてあるんですか」

「あそこに後輩がいてね」

「……了解」

　早速、泉澤班は山下が今どこにいるのか調べた。しかしこれが意外なほど手間取り、数時間もかかってしまった。

　本部のデスクに戻った榎本に泉澤から電話が入った。

「やっとわかったか」

「山下係長は日常的にPフォンの主電源を切っているんです。普通電源を切ってもGPSは生きているんですが、バッテリーカバーを外したところにある主電源を切られては探しようがないんです」

「いきなりそう来たか。デスクとの連絡はどうしているんだ」

「二時間おきに山下係長から電話が入るんですが、一般電話から直接デスクの一般回線電話にかかってくるようにしているみたいです」

　公安情報マンが日々何に気を付けて動いているのか知る思いである。

「警電や警視庁本部の大代表電話を通さずに一般回線を使っているのか。それで、どうやって捕捉したんだ」

「内調に出向している仲間が議員会館内で山下係長を見たという話をしてくれたんです。たまたまだったのですが、それで会館に捜査員を投入しました」

「会館といっても広いだろう」

「昼飯時だったので、食事が美味いことで評判の参議院議員会館の食堂で待っていた主任が発見しました」

「よくやった」

「ちなみに昼飯は寿司屋で二千五百円の握りセットだったそうです」

参議院議員会館食堂内の寿司屋は味がいいらしかった。

国会議員会館は衆議院に二棟、参議院に一棟ある。首相官邸に近い方から衆議院第一、第二、参議院という順である。各棟の地下一階に食堂があるが、参議院の食堂がもっとも美味いと言われているらしい。

「院内の通行証はどうしたんだ」

「国会内にある企画課庁務で今日は三枚手配してもらいました」

「常時必要だな。衆参の事務局を通して手配依頼しておこう」

「普通の院内通行証だけではダメなのですか」

「衆議院と参議院は独立しているんだ。衆議院で発行されたものでは参議院に入ることはできない。逆もまた同じ。これは議員会館だけでなく議事堂本館内でも同じなんだよ」

「山下係長は衆参の議員会館を自由に動き回っているようですね」

「係長が誰の事務所に入ったかチェックできたか」

「官房長官と民自党幹事長の部屋にズカズカ入っていきました」

「ズカズカは余計だ」

「廊下で議員とすれ違うと、議員の方から若い係長に挨拶するらしいです」

榎本は山下の動きが目に見えるようだった。

「個人の携帯もほとんど電源を切っているようだから居場所を特定しづらいだろう」

「はい。ですが自宅の住所はわかっていますから、送り込みと吸い出しはきっちりやります」

「彼の家の防犯カメラには気をつけろよ。二台置いているそうだ」

「どうしてご存知なんですか」

に誓ったはずである。しかし不祥事が絶えない。不祥事を起こすのは誘惑に負けてしまった者たちなのだ。誘惑に負け、仕事に対する意欲を失った瞬間に組織に背を向けるようになる。組織が嫌なら辞めればいいのだが、辞める勇気も気力もない。辞めても「元警察官」のレッテルがつきまとう。

誘惑が狙うのは、警察官が持つべき幅広い常識と深い良識を身につける意欲を失った者たちだ。彼らが人生の落伍者になる前に、本人とその家族を救うべく動くのが「ヒトイチ」、監察である。監察は公安のように全方位外交で事案にあたる。組織の内と外を同時に見ながら、一方でプロテクトを掛け、他方で誘惑を排除する。これは警察官や警察組織のためだけでなく、警察が国民の信託に応えるために他ならない。

あの黒田が帰ってくる!
「警視庁情報官」シリーズ
最新作は今秋刊行予定です。

濱 嘉之(はま・よしゆき)
1957年、福岡県生まれ。警視庁警備部、公安部、警察庁警備局、内閣情報調査室などで勤務後、警視庁警視で辞職。衆議院議員政策秘書を経て「警視庁情報官」で作家デビュー。リアルな作風で読ませる警察小説にファンが多い。

緊急寄稿

著者自ら、「ヒトイチ」を語る！

容疑者はすべて警察官——警察が警察を追う、大好評〝**身内捜査**〟シリーズ「**ヒトイチ　警視庁人事一課監察係**」。警察がもっとも捜査しづらい相手は、身内である警察官なのではないか……そんな編集部の問いかけに、「**その話を、僕にしか書けない形で小説にしてみたい**」と意気込みをみせた濱嘉之氏。元警視庁警視というキャリアを持つ著者は、どんな志を持って本作に挑んでいるのか。著者自ら語る！

一部のスポーツ選手と同じく、警察官は様々な誘惑に取り巻かれている。

それは警察官が情報を持っているからだ。一般ドライバーがラジオで流れる交通取締り情報を気にかけるように、世の中にはびこる悪は、今警察が何を狙って動いているのか、自分たちについて警察はどこまで知っているのかを知りたがる。彼らにとって情報は死活問題にかかわるため、色目を使って取ろうとする。マスコミもまた警察の動きを逐一知りたがり、あの手この手を使って警察官に近づいてくる。

警察官になった者は、社会正義の実現という崇高な使命を果たそうと一度は心

「以前、本人から聞いたことがあるんだ」

榎本は指示を出して電話を切った。

間もなく兼光参事官からデスクに来るよう指示があった。

「忙しいところ申し訳ないな」

二人は応接ソファーに腰を下ろす。

「奥瀬首席監察官から話は聞いただろう」

「山下係長の件ですね」

「ああ、安森課長が何を考えているのか知らんが。それで、山下君の行確は始まっているのか」

「今日が初日です。最初の捕捉に手間取ったようですが、参議院議員会館内でキャッチしました」

「山下君は議員会館で何をしていたんだ」

「自動車総連出身の議員秘書と食事をしていたようです」

「相変わらずいいところを押さえてるな」

「フジタの総務部長経験者が政策秘書に入っていますからね」

「しかも野党だからな。それが日本の最大の自動車メーカーたる所以だ」

「その後、官房長官の会館事務所に入ったようです」

「機会があれば、一度、彼に議員会館を案内してもらえばいい経験になる。私も公総課長時代に民自党本部と議員会館を含む国会内を案内してもらったよ。驚くべき人脈だった。マスコミも党本部、官邸のデスククラスと話をしていたよ」

「どうやってそんな人脈を築くことができるんでしょうか」

「人だよ人。所詮情報は人」

「それは私も聞いたことがあります。一口に人と言っても、その前提に情報分析能力がなければなりませんが」

「確かに彼は特殊な人材だな。ある意味、山下の存在にすぐさま気づいた安森課長も鋭いな。部下から寝首をかかれないよう、彼自身注意しなければならない何かがあるのかもしれない」

「公総課長ってどんな方なんですか」

「昔からどうも金に執着するところがあってね。奴の先輩も悪いんだがな」

「北岡一派ですか」

「なんだ、よく知っているじゃないか。北岡はようやく切ることができたが、その残党がまだいるからな。彼らが後輩を勧誘しないように見張るのも私の仕事の一つでもある」

「安森課長の動きも一応チェックしております」

「先を読んだいい仕事をしているね」

兼光は感心するように頷いてみせた。

「先ほどの話に戻りますが、安森課長は何を恐れているのでしょう」

「一発逆転を狙っているらしいから、その足固めを始めたのかな」

「キャリアの世界で一発逆転というと……」

「行政からの脱出だな」

兼光が遠回しに言ったので逆にピンときた。

「立法府入りを狙っていると」

「ははは、なかなかいい表現だな」

「政界進出のためには〝三バン〟が必要と言われますが」

日本では、選挙で当選するためには、「ジバン（地盤）、カンバン（看板）、カバン（鞄）」の三つのバンが必要であるとされている。本来政治家に求められる条件は優れた政策や資質、能力などであるが、悲しいかな、現実の当落は後援組織の充実度、知名度の有無に加え、選挙資金の多寡や集金力に左右される場合が多い。

「今の彼に不足しているものは〝カバン〟だな」

「まさかそれを公安部の金庫から引っ張るつもりなんですか」

そんな大胆なことができるものか。榎本は驚いた。

「公安部の金は潤沢だ。特に公総は他の部署と比べ群を抜いている。これを選挙に使うような馬鹿なことはしないだろうが、運転資金に使うことは十分可能だ」

さすが兼光はとうに安森の狙いをお見通しらしい。

「山下係長が安森課長に取り込まれるようなことはないと思いますが……」

「その逆だよ。山下君のことだから、何か不正に気付いたとき、組織内の膿《うみ》を出し切ろうとして無理をしてしまうかもしれない。やんちゃじゃ済まないことになると困る。だから今回、安森が山下君の身体検査をするよう我々に依頼してきたのは、チャンスなんだよ。監察として山下君にブレーキをかけることができるからね」

そこまで考えが至らなかった榎本は、警察組織というものの奥深さを知らされる思いだった。

「安森総務課長が北海道に四泊五日の予定で出張です」

約束通り、公安部別室の後輩が榎本に連絡を寄越した。

「用件は何？」

「公安総務課が道内に持っている拠点を回るそうです。三ヵ所あります」

「他府県にはどのくらいあるの」

「二府二十四県。青森から沖縄まであります」

「やはり公安は巨大組織だな。北海道の拠点は札幌と、他には」

「釧路、函館です。今回安森課長は札幌から函館、それからフェリーで大間に入るようです」

「まさか海の幸美食ツアーなんじゃないだろうな」

「大間は原発が建設中ですから」

「ああ、そうだったな。同行者は誰だ」

「部下の女警だそうです」

「女警と一緒に出張なんて誤解されるぞ」

「さすがに単身者だそうですが」

榎本が呆れていると、後輩がため息まじりに付け加えた。

「飛行機のシートはプレミアムクラスを要求しているんです」

「安森課長は国会議員にでもなったつもりなのか」

「庶務担当管理官の朝原さんも呆れていますが、逆らえません。グレードアップ分は裏金で処理しなければなりませんからね」

「裏金とは響きが悪いなあ」

「都費は使途を明確にしなければならないので誤魔化せませんが、国費は領収書を必要としませんから、それで出せと言っているようです。部長でもそんなことは言いませんよ」

「新幹線でグリーン車を使うのは本部長クラスだけだ。それも警護目的だからなんとか予算がついている」

金に汚いキャリア幹部は困ったものである。

「宿はどうなっているの」

「札幌と函館は中の上クラス、大間は海峡荘という民宿を指定しています」

「まあいいだろう。こちらもそのつもりで撮影をしておくよ」

日程表をデータで送ってもらうと、榎本は泉澤主任に出張の手配を指示した。

榎本は安森の動向を逐一確認したかったため、出張初日は夜遅くまで本部デスクに残っていた。

安森はススキノで食事をした後、界隈にある高級クラブに入った。

「待ち合わせのようです。相手の男の写真を送ります」

運転免許証台帳で確認した結果、北海道で手広く不動産経営を行っている会社の社長だった。義妹がその息子に嫁いでいる民自党幹事長、寺岡修造の後援会メンバーだ。

二人はそこで一時間ほど飲んだあと、同じビル内にあるフィリピンクラブに入った。安森公総課長は在フィリピン日本大使館の一等書記官を経験している。

フィリピンクラブでは、不確かなタガログ語、ビサヤ語そしてボディランゲージを使い分けてホステスを口説いていた。その店を出たのは二時間後。泥酔状態の安森の動画が送られてきた。

ビルを出たところで安森課長は単独でタクシーに乗り込んだ。安森を丁重に見送る社長だったが、スーツの内側に手を忍ばせると素早く何かを安森に手渡した。

「分厚い封筒のようです。確かに安森課長が受け取っています」

その一部始終を監察係員が動画で撮影した。画像解析を行うと、封筒に社長が経営する会社名が印字されていた。

翌朝十時。

札幌市内の拠点は北海道大学の近くにあるマンションの一室だった。

「安森課長が女と腕を組んでマンションに入りました」

「これ、部下の女警です」

と別の係員。

「なるほど、確かに警察には見えないな」

「女警の親が見たら激怒するだろうけどな」

リアルタイムで監察分室に映像が送られてくる。

「これ、どこから撮影しているの」

榎本が泉澤に聞いた。

「レンズを巧く隠した手作りのカメラ搭載バッグからです」

「昨夜の映像もよかったね」

「まさか公安総務課長が追尾されているとは思いもしないでしょう」

そのまさかが起こるのが警察組織である。

拠点の視察は三十分ほどで終わり、一行は札幌駅から函館に向かった。

「途中下車はしないでしょうね」

「わからんぞ。函館本線は小樽も余市も通るからな」

案の定、安森は小樽で途中下車し、小樽中央市場で海鮮丼と日本酒を味わってい
る。

「こういうのを〝栄養出張〟っていうんだ」

榎本が苦笑する。

「次の行動もみえみえですね」

余市でウィスキーの試飲である。

そして函館の湯の川温泉のホテルにチェックインした一行は、午後六時に駅近く
の寿司屋に入った。

「嫌になりますね」

泉澤が呆れた声を出した。

「明日の夜は大間でマグロ三昧なんだろうな」

「うちのやつら、土産《みやげ》ぐらい買ってきてくれますかね」

「旅費は自費で立て替えてもらっているから無理は言えないよ」

急な出張の場合、多くの捜査官は自腹で旅費を立て替え、後日清算するのが常
だ。特に行確をする場合には、相手に合わせなければならず、それなりの現金を常

に用意しておかなければならない。例えば男女関係にある二人を追う場合、男性は普段以上にいい店を使おうとする。そうすると行確の経費も増えてしまう。

五日目の夕方、安森は東京に戻り行確チームも無事帰京した。

「どうだ、いろいろ美味かったか」

「大間のマグロはさすがでした。何といっても赤身が美味いんですよ。それから、ウニ。直径が二十センチ近くあるんですよ。ずっと行確担当でもいいですよ」

手土産もなく帰ってきた若手係員たちは楽しそうに報告した。

「出張を楽しむことは捜査員として大事なことだ。それよりも、例の封筒だが、いくらぐらい入っていると思う」

「画像でも分かりますが厚みからいって、百万の束だと思います。翌日、その封筒から金を出して支払っていましたから」

「そこは撮れていないのか？」

「残念ながらカメラからは陰になっていたんです。ただし、ピン札でしたので、支払った万札は入手して証拠化しています。課長の指紋はバッチリついているはずですよ」

「よくやった」

充実した出張でご満悦の安森は、調査六係担当の中嶋《なかじま》管理官を自席に呼んだ。

「札幌の視察拠点なんだけど、あそこの家賃は月額いくらなの」

「月七万五千円です」

「ふーん、すぐ近くに月五万円のワンルームマンションがあるんだけどな。そこからでも対象者の部屋はちゃんと見通せるんだよ。拠点の見直しはしないの？　あそこに入ってもう四年でしょう」

「当時は急な拠点設定でしたので、あの部屋しかなかったのです」

「そのワンルームマンションだって同じころにできているんだよ」

「五年契約を結んで格安で借りておりますので」

「普通、賃貸借の契約は二年単位なんじゃないの？　どうして五年なの？」

「対象者が五年単位で転勤しているんです。それに合わせて契約をしました」

「するとあと一年か」

「それに、オーナーの身分確認等もあります。あの地域の地主には反体制派も多いのです。道警の警察協力者の中からピックアップした経緯もありまして」

中嶋は神妙な面持ちで答えた。

公安総務課の管理官の中で、中嶋は職人と呼ばれていた。五十五歳を超えた中嶋は、副署長にはなれても、理事官として本部に戻ることはもうできないだろう。それでも公安部で評価が高いのは、これまで誰もやらなかった手法で多くの協力者獲得作業を成功させてきたからだった。

「中嶋さんは職人肌らしいけど、後進は育っているの」

「うちの係員の中にも見所のあるやつは何人かいます。ただし、彼らを職人にするのではなく昇任させることも考えてやらないと、その次が育ちません」

「職人で警視まで昇り詰めれば、警察官としてはいい方じゃないの」

「出来る人材は署長、課長、さらにその上まで昇って組織改革、意識改革をしてもらいたいと思っています」

中嶋は真面目に答えた。

「我々としては職人が欲しいんだけどね。手足となって働いてくれるっていうか」

安森はキャリアとノンキャリをはっきりと区別しようとする。

「うちの河野主任は面割りでは全国の公安警察ナンバーワンですし、手島主任は法曹界に対する食い込みに関して他の追随を許しません」

「へえ、その割には警察庁からの評価は低いんじゃないの」

「そんなことはありません。二人とも全国表彰の常連です」

「実態解明は重要だけど、生きている情報を集めることも大事なんじゃないの？中嶋さんは協力者運営で有名だったわけでしょう」

「協力者を運営するには相応の時間がかかります。タマを選定して行確して接触するまでには最低でも一年以上かかります」

「警部補で本部にいることができる期間は五年でしょう。そのスパンで言えば、その間に二人か三人しか獲得できないということなの」

「平均的にはそうです」

「でも、調八の山下係長は二十人以上のタマを運営しているんでしょう」

「彼は特別です。内調から公安部に来た時点で、すでに数多くの協力者と人間関係を構築していたのですから」

「そうなんだ」

安森はフンと鼻を鳴らした。

「宮澤さんと私は年齢も経験も手法も違います。私のところはチームワークで動きますが、宮澤さんのところは個人プレーを重視しています。何人かのスーパープレーヤーを集めて、彼らに任せるやり方です」

「スーパープレーヤーを集めるのも管理官の手腕なんじゃないの」

嫌味たらしいことをいう安森である。

「そういう人材は各部署が注目していますから。各署の巡回指導を行い、各階級の公安講習成績優秀者の動向をチェックしながら、一本釣りしていくんです。優秀な人材はすぐに警部補まで昇任してしまいます。その中から警察庁などに派遣されて、今度はそこで奪い合いが起こります。公安講習修了者は公安部だけでなく、企画や人事も狙っています」

「企画や人事がどうして公安講習修了者を欲しがるの」

「企画課には庁務、人事一課には監察、人事二課には採用の各業務があります。その業務を行うには公安知識と公安的センスが求められるからです。警部補の人事権は人事二課が握っていますが、そこに最も圧力をかけることができるのが人事一課で、その次が本部の筆頭課である企画課です。公安部は四番手しか取ることができません」

「中嶋さん、詳しいねえ。山下係長も所詮四番目の男か」

安森が嘲《あざけ》るように笑った。

「いいえ、山下係長は長官の指示で公安に戻ってきたぐらいですから」

「長官って、警察庁長官？」

「はい。長官が警備企画課長の時に内調から公安部に押し込んで、警備局長の時に再び公安部に一本釣りさせたんです。当時の警務部参事官は公安総務課長でしたから」

「そんな裏があったの」

今度は安森が額の汗を拭いた。

「山下って何者なのよ。この間ここで話をしたけど、まだ青さが目立ったね」

中嶋が何も言わないので安森が口を開いた。

「ところで中嶋さんのところで運営している協力者の中で、車を安く手に入れることができる人はいる？」

「車ですか。新車か中古車かで変わってきますが」

中嶋は答えながら思案した。

「そりゃ新車の方がいいなあ。メルセデスなんだよね」

安森は個人的な買い物に付き合わせる気なのか。

「ベンツのタイプは」

中嶋は渋々尋ねた。

「Cクラスでいいんだけどね」

「ベンツは新車で買うよりも新古車で買うのがお得らしいですよ」

「走行距離が少なくて新品同様の車のことね」

「はい、新古車ルートでしたら北上主任が持っています。課長がお乗りになるんですか」

「女房用なんだ。妹の家と対抗したいらしいんだよ」

「……調べさせましょう」

「頼んだよ」

安森は嬉しそうに目を輝かせた。


翌日、中嶋がベンツの資料を持って課長室に行くと、安森からソファーに座るよう勧められ、ほどなく別室からコーヒーが運ばれてきた。

「早速ですが、ベンツのCタイプの資料をお持ちしました」

「それで安くなるの？」

「新車ですと四百万を少し超えるくらいのようですが、新古車でしたら二百万台後半でご用意できるようです。ただしこのルートでは白かシルバーしかご手配できないといいます」

「白でいいよ。事故車ではないよな」

「もちろんです。ただ車検の履歴、つまり車両の詳細登録事項等証明書に三つの前歴が出ます。すべて企業名ですが初めの二件は海外の企業名です」

「ふーん。一度海外で使った車を輸入しているわけ」

「北上主任によればこの販売店は、中東か中国の金持ちが数回乗って手放した車をメインで集めているそうです。中には毎週フェラーリを買い替えている富豪もいるとか。ベンツのCタイプは〝奥様車〟として人気だといいますよ」

「ちょっと考える時間をくれる？」

「二週間くらいは待ってくれるということです。一度、試乗してみることをお勧めします。ご自分の目で確認するのが一番ですから」

その週末、安森は中嶋と北上を連れて江戸川区にある車の販売店を訪れた。

「ここは元々ベンツのディーラーだったのですが、ベンツ一社だけでは商売がきつく、新古車と未使用車を専門に扱う店に切り替えたんです」

目の前には新品同様の磨きあげられたベンツが停まっている。

「Cタイプはなかなか市場に出てこないんですよ。人気がありますからね」

販売店の担当者に勧められ試乗してみる。特に問題はなく安森は気に入った。

「いくらぐらいまでいける?」

「二百八十でいかがでしょうか。私共の実入りはほとんどないのですが、北上さんのお知り合いということで最低額を提示させていただいております。このレベルの車を、これより安く出しているところはない、と断言しましょう」

週明けの月曜日、販売店に指定された口座に二百八十万円が振り込まれた。

「課長。名義切り替えの手続きがあるため、納車まで少し時間がかかるそうです」

中嶋がデスクまで報告に上がると、

「うん、ありがと」

安森はパソコン画面から視線も外さず生返事をした。

当然、監察は安森の試乗の様子も車の購入価格もチェックしていた。

「着任早々、協力者のルートを使って自家用車を安く買うあたりはしたたかだな」

榎本は呆れる思いで係員のレポートを読んだ。

この日とあるホテルで公安総務課第一担当の会、通称「一担会」が開かれていた。

第一担当とは課内の現場における筆頭セクションである。歴代の管理官は公安総務課だけでなく公安部そのものを支えてきたという自負があった。歴代の公安部長、公安総務課長も来場するため、関係者は可能な限り出席する。

「錚々《そうそう》たるメンバーですね」

安森は愛想よく先任の公総課長である島崎に話しかけると、現警察庁人事企画官の島崎はあからさまに迷惑そうな顔をした。安森の噂はＯＢの耳にも入っていた。

「一担は公安総務課の総合情報デスクみたいなもんだ」

「そうですか……」

誰が誰だかも分からず安森は緊張していた。会場の隅のほうに隠れていたいぐらいだった。

「どうだ、お前も少しはここに慣れてきたか」

「今、全国の拠点を自分の目で見て回っています」

「何のためにそんなことをしているんだ」

島崎は眉を寄せる。

「課員の労苦をこの目で見ておきたいと思いまして。さらに仕事をしやすい環境を作りたいとも思っております」

島崎はじろりと安森を見た。

「現場が萎縮するような言動は慎んだ方がいいぞ。今、残っている拠点は最低限度必要なところと警察庁も判断しているところだ。そこに課長がのこのこ出掛けて行っては目立つからな。特にお前はマスコミからも目を付けられているんだから」

「へ？　マスコミが私に何の用です」

「そうとぼけるなよ。国政を狙っているって聞いたが」

安森の額から汗が噴き出し、慌てて首を横に振る。

「それは周囲が勝手に言っているだけですよ。私は現任務を全うすることしか考えていません」

「そうか？　民自党幹事長の寺岡修造の後援会メンバーとマメに会っているんだろう。どこかの政治部記者の話だぞ」

「たまたま出張先で会っただけです。マスコミは無責任に好きなことを言いますから、恐ろしいですね」

「それが公安総務課長というポジションだ。用心することだよ。公安担当の記者は社会部だけでなく政治部とのつながりも大きいからな」

「はい……」

　安森はうなだれる。

「お前は地方の公安一課長を経験しただけで、公安に関してはお勉強的なことしか知らないだろう。そのうち、チヨダ主催のＳＲが始まる。その時に警察庁に登録しているタマを運営している作業マンが三半期の作業結果を報告する。それを聞いて腰を抜かすなよ。拠点巡りなど何の役にも立たないことがよくわかる」

「あの、ＳＲというのはなんでしょうか」

「引継ぎ書類を読んでいないのか。ＳＲはシーズンレポートの略語だ。書類に何度も出てくる単語だろうが」

「ああ、すみません。スリーシーズンとかなんとか」

「以前は年に四回やっていたから、そう呼んでいたんだ。しかしＳＲのために作る資料は膨大だ。作業員の負担を軽減する措置として四回から三回に減らしたんだよ」

　安森はぺこぺこ頭を上げ下げした。

「お前、どうして自分が公総課長になったか知っているのか」

「いえ、私自身が驚いているぐらいですから全く」

「今後もし、お前が国政に出た時のことを考えて千葉の警務部長ではなく公総課長に、という声が一部にあったからだ。具体的に動いたのは俺の前任の大前さんだよ」

「お見通しということですか……」

「大前さんは心配されていたよ。彼は三・一一のときの公安総務課長だ」

「一緒にお仕事したことがあります。はあ、だから全国の警務部長を全て暗記されていたんですね」

「本部長を本気で支えるのは警務部長しかいないだろう」

大規模都道府県警以外の県警では本部長に次ぐ地位が警務部長であり、キャリアの場合早い者で入庁十二年目の警視正が着任する。公安総務課長は概《おおむ》ねその四年から五年先輩という年次である。

「ありがたいことだと思います」

ようやく安森は深く頭を下げた。

二人の様子を朝原管理官と中嶋管理官が後ろから眺めていた。

「中嶋さんは安森課長に認められているようですね」

「えっ、どういうこと」

「この前、調六に車を買ったでしょう。知っていますよ」

「うちに車なんて買ってもらってないよ」

「あれ、江戸川区の中古車販売店アサヒモータースは調六の協力者ですよね」

「そうだよ」

中嶋の脳裏に安森がベンツに試乗する光景が浮かんだ。それと何か関係があるのか。

「先日指示があったので二百八十万、あそこに振り込みましたよ」

「ええっ？」

中嶋は思わず大きな声を上げた。

「課長から言われて出したの？」

「そうですよ。調六に車が必要だから活動費から出すようにって言われまして」

中嶋は唖然として言葉が出なかった。

数日後、札幌に置いている拠点部屋の階下で火災が発生した。

捜査員は無事だったが、生活用の電化製品はすべて焼けた。視察用のカメラ、ビデオ、コンピューターなどの機材は捜査員が持ち出したので無事だった。

中嶋と調六の庶務係長はチヨダの了解を取ってすぐに現場に飛んだ。

現場は消防と警察による現場検証が行われており、同じ警察官といえども警視庁公安部の職員が中に入ることはできなかった。

視察拠点は中嶋管理官の実弟名義で借りており、今回の処理に関して実弟からの白紙委任状を暗黙の了解で取り付けていた。

現場検証に時間がかかったのは焼失世帯が七つにも及んだからという。

「参ったな。内部を確認することもできない」

「視察拠点としての証跡が残っていなければいいんだが」

中嶋はそれが心配だった。

「捜査員は一旦ホテルに入れております。持ち出すことができなかった物等について現在、確認をさせています」

「真下の階の居住者はどんな奴だったんだ」

「公務員と聞いています」

「火災の原因は」

「ガス爆発だったらしく、もの凄い轟音があった次の瞬間、窓から一気に火が噴きあがったそうです。奥の部屋で休んでいた二人の捜査員は布団から身体が浮いたと言っていました」

「皆無事でよかった。日頃から脱出訓練をしっかり行っていたからだ」

「はい。敵が踏み込んできても、視察機材をすぐに持ち出して応戦する訓練を二週に一回はやっていたようです」

こういう緊張感のもと公安の秘匿拠点は運営されているのだ。

「武器はどうなった」

「実弾と共に持ち出していますが、サスマタや警杖は置きっぱなしにしてきたようです」

中嶋は二、三度頷いて道警本部に向かった。

道警の里谷《さとや》警務部長にはチヨダから連絡が届いていた。

「警視庁公安部がまさかあの場所に四年も前から視察拠点を設定していたとは思わなかったよ」

里谷は中嶋を迎え入れるとすぐさま漏らした。

「対象者を追い込んだ結果で、チヨダからの指示でした」

「東京から追い込んだの」

「あれは確か熱海の駅からです。当時、追尾で飛行機に乗ることができたのは一人だけでした」

　里谷は頷く。

「視察機材は大丈夫だったか」

　里谷はかつてチヨダに在籍していたことがあったため、現場をよく知っていた。

「ひとまず機材はすべて持ち出せました」

「保険は」

「全て入っています」

「それなら心配ない。なんせカメラだけでも一千万近いからね。なんなら、うちが証明を出して新しいものを購入してもいいじゃない？」

　里谷は目配せした。「資機材は日進月歩。どんどん新しいものを使わなきゃ」

「ありがとうございます。その節はよろしくお願いいたします」

　中嶋は内心驚いたが、顔には出さず恭《うやうや》しく頭を下げた。

「今、捜査一課の特殊班に状況を問い合わせているんだが、ガス自殺だったらしいね。住んでいたのは公務員で、労組専従の男だったらしい」

「男の素性が気になりますね。対象者ではなかったのですか」

　中嶋管理官の背中に冷たいものが流れた。自殺した男が道警公安課の対象者であった場合、上階に拠点を設けていた捜査員の動きを見られていたかもしれない。

「対象団体の周辺者で、視察対象者ではなかったんだけどね。半年前にあのマンションに移ったらしいんだけど、幹部候補だったようだ」

「自殺の経緯は」

「大きなミスをしでかしたか、自殺に見せかけた殺しだったのか。その裏取りで時間がかかっている」

「我々はとんでもないところに視察拠点を作ってしまったわけですね」

　思わず中嶋は大きく息を吸い込んだ。

「殺しだとすると、そちらの拠点のカメラに何かしら写っているかも知れないね」

「そうですね。幅広く撮っていますから」

「最近の画像解析技術も格段に進歩しているからね。それより、これからうちの上席も現場に行くみたいだから、一緒に行くといいよ。僕から連絡しておくから」

　有能なキャリアは次から次へと布石を打つことができる。チヨダの理事官が里谷警務部長を訪ねるように言った意味が、中嶋にはよくわかった。


　酷い惨状である。現場は火災発生から二十時間以上経っているにもかかわらず、鑑識課員が粘り強く階下の火元を調べていた。中嶋は鑑識課員に会釈して、視察拠点に入った。

「危うく殉職するところだったな」

中嶋は拠点部屋の玄関で息をのんだ。

床は抜け落ち、部屋中を炎が覆った証跡が生々しく残っていた。同行した上席補佐も渋い顔で辺りを見回す。

「本当に危なかったですね。何の跡形もなく焼けています」

「どれだけ火力が強かったんだ。ガス爆発でここまで延焼するものなのかな」

中嶋は顎に手をあてて首をかしげる。

「鑑識課の話では殺しの線が強いみたいです。おまけにガス爆発だけでなく時限式のテルミットも使われたようだと」

「なんだって？　テルミットを使うってことは男は極左だったの？」

テルミットとは酸化鉄とアルミニウムの粉末混合物のことで、これに着火すると炭素燃料を使用しないため極めて高温の燃焼が起こる。鉄道の線路の敷設、改修等でレールを溶接する際に多用されている。鉄道会社ではこの溶接法を「ゴールドサミット溶接」と呼ぶ。全長二百メートル以上のロングレール製造に用いられ、新幹線などの高速安定性に役立っている。

「どうやら亡くなった男は〝非公然〟とのつなぎ役だったようです。案外、内ゲバの可能性もありますね」

「内ゲバですか。まだあるんだな」

「敵も地下深くに潜って懲《こ》りずに戦っているんですよ」


現場確認を終えた中嶋は捜査員が投宿しているホテルに向かった。

「現場を見てきたが、本当に大変だったな。改めて無事でよかった。まだ夕方だが今日は飲みに行くとしよう」

「管理官、給料前で金がないんです」

「今夜の酒代ぐらいは俺が持つから。それに作業費を持って来た。当面はこれでしのいでくれ。じゃあ札幌の美味い店でも案内してくれ」

日が沈む前からススキノの小料理屋で飲み始めた。

係員の苦労話を聞いてやるのも管理官の仕事である。札幌の拠点には三人ずつが一ヵ月交代で二個班。二十四時間体制で昼間は二時間、夜間は三時間おきにカメラ、ビデオそして視認によって視察が行われていた。もちろん、週休などあろうはずもなかった。

「一旦、ここは打ち切ってもいいかな」

空いたビール瓶をぼんやりと見つめながら中嶋がぼやく。

「もったいないですよ。毎年新規も把握していますし、卒業組で地方議会に出て行く者も現れていますから」

「北海道ばかりじゃ道警に譲った方がいいだろう。衆参の秘書になっている奴もいるから、チヨダとしてはうちにやってもらいたいようなんだけどな。家族持ちにとって、ひと月置きに北海道もきついだろう?」

「一年やって、やっと慣れてきました。いい経験にはなります」

「全てを任せられるから、結果を出すのも自分たち次第。やりがいがあるよな。だがやはり本部員が〝点〟に入るのは一年が限度だ。あと、確認だが視察機材は無事なんだよな」

「根性で持ち出しました。背広や着替えが燃えちゃいましたけど」

「それは明日にでも買ってやる。ちょっといいやつでも買えばいい」

「嬉しいな、ありがとうございます」

「オウム事件で霞ケ関駅に突入した捜査員は、あの後全員が服を新調したんだ。サリンが付着したおそれのある服は全て焼却処分した」

「そうなんですか」

「裏話を聞けた気分です」

「ところで」中嶋は表情をきっと引き締めて若い捜査員たちの顔を順番にみつめた。「これからは、ここだけの話だ。一切、他言無用だ」

ほぐれた場の空気が一気に緊張感を帯び、公安部員たちは鋭い目で中嶋を見返す。

「今回、視察機材は全て燃えてしまったことにしよう」

「は？」

「どういうことですか」

戸惑う捜査員たちを見て中嶋は薄く笑った。

「資材には保険が掛かっている。燃えたことにして、新しい物をもらえばいい」

「持ち出した機材はどうすればいいんですか」

「売り払って裏金にするんだ」

「裏金……」

「ああ。ここの里谷警務部長がオフレコでアドバイスしてくれたんだよ」

「売ったら中古でも数百万になりますよ」

「山分けしようじゃないか」

捜査員たちは顔を見合わせたが、誰も異を唱えなかった。その晩は大いに飲み、腹がはち切れんばかりに食べ、仕事の苦労を分かち合い、馬鹿話に花を咲かせた。夜の十時を回ったころには、皆満足そうにホテルの部屋に引き返していった。


十一時頃、中嶋の部屋のドアがノックされた。庶務担当係長の古屋《ふるや》だった。

「管理官、先ほどの話は本気なんですか」

「資材の件か、本気だよ」

古屋は小さくため息を吐いた。

「わかりました。今日話を聞いたメンバーだけで山分けするということですね」

「秘密の共有は最小限にしよう」

「あの資材は部の持ち物でも、課の持ち物でもなく、調六が予算内で購入したものです。ですから焼失に関する報告義務はないのですね」

古屋は自分に言い聞かせるように言った。

「報告義務がないから代わりを保険で賄《まかな》うんだ。焼失を証明する書類は道警が出してくれる。里谷警務部長にだけ謝礼をしておこう。また、保険の件は通常一年のところをポイントサービスを使って五年に延長しているんだから誰にも言う必要はない」

「チヨダは何か言ってきますかね」

「資材も何もかもなくなったと言っておけば分からないさ。少し大袈裟に報告しておけばいいんだよ。作業費を少しでもアップしてくれればラッキーってところだな」

職人肌の公安マンとして通っていた中嶋はまた、予算のからくりも知り尽くしているのだった。

「なるほど。さすが管理官です」

古屋は尊敬するような眼差しを向けて言った。

「俺は来年副署長として所轄に出たら終わりだ。本部でしかできないことを、今やっておこうと思っただけさ。公安人生の最終コーナーに差し掛かった俺にできることを」

酒に酔った中嶋は勢いに乗って言い放った。

翌日、里谷警務部長に焼失証明書の作成を依頼すると、中嶋は古屋と捜査員を東京に帰してから一人で火災現場に向かった。

「今日も消防が大勢来ているな。何か新たに分かったことはある？」

現場規制を行っている制服警察官に警察手帳を示す。中嶋の肩書きは警視である。

「はい。警察手帳を見た制服警察官は、直ちに姿勢を正すと挙手注目の敬礼を行った。

「はい。手抜き工事が発覚したようで、いま消防と建設会社の担当者が来ています。うちからは捜査一課と二課の方がお見えです」

「手抜き工事か、多いね最近。このマンションは大手ゼネコンの系列だろう」

「はい」

「どこもやってんだな」

そう言いながら規制線内に入った。

爆発が起こった五階のコンクリートは、細い鉄筋にへばりつくように固まっていた。原形を全く留めていない。建設会社の社員らしいヘルメット姿の男たちが、消防職員と話し合っている。

中嶋が現場状況をしげしげと見ていると呼び止められた。

「あんた、どこから入って来たの。立ち入り禁止だよ」

どうやら私服刑事のようだ。

「すいません。この上の部屋を使っていた責任者で、こういうものです」

「大変失礼いたしました」

私服刑事は姿勢を正して頭を下げた。

「里谷警務部長には了解を取っています。テルミットが使用されたと聞いて、確認にきたのです。もしうちの職員が狙われていたとなれば重大な問題ですから」

中嶋が説明していると仲間の私服刑事らしき男が近寄ってきた。男は捜査一課特殊班係長と名乗った。

「失礼ですがテルミットの件は警務部長情報でしょうか」

「まあ、そんなところです。ただ、テルミットは燃焼温度こそ極めて高いですが、これほどの爆発力はありません。単なるガス爆発でもないとなると、普通の殺しではないでしょう。それを確認したかったのです」

「なるほど。この手の捜査のプロ、警視庁公安部さんがおっしゃるのならその通りでしょうね。私たちも証拠隠滅の線を疑い始めたところです」

「それにしても細い鉄筋ですね。現場がこの通り木っ端みじんになったのは、この建物の構造とも関係があるのですか」

側にいた消防職員がちらりと中嶋を見る。

「その関係で現在建設会社の責任者を呼んでいるのです」

私服刑事が説明した。

「素人目に見ても鉄筋は細いし、コンクリートもスカスカに見えますよね」

中嶋は首をすくめる。

「おそらく建設会社は何らかの釈明を求められるでしょう。説明責任があると思います。この物件は分譲と賃貸に分かれていまして、六階以上は分譲になっているんです」

「六階以上？　うちは六階ですが賃貸契約でしたよ」

「それは建設会社が所有する部屋を貸していたのだと思います。四年前は思ったより入居者がいなかったと聞いています」

火災から数日後、建設会社は物件の施工管理に不備があったとして、誠意を持って賠償に応じる旨を広報した。

中嶋は大手ゼネコンがどの程度まで補償に応じるか、興味本位で申し入れを行った。

ゼネコンの回答は、ほぼ満額回答だった。契約者は中嶋の実弟ではあったが、警視庁公安部が業務上使用していたこと、全ての捜査機器が焼失したことを重く受け止めたようで、千六百万円もの補償金を用意するという。もちろん、公の報告書では警視庁公安部が関係していたということは一切伏せられた。

「札幌の拠点焼失につきましては、賃貸借契約を解除し、違約金、見舞金ということで、建設会社から三百万円を受け取りました」

中嶋は安森課長に対して事実とは異なる報告をした。

安森は個人で使うベンツを調六の活動費で支払わせたことを思い出したのか、うーんと頭を掻いてから鷹揚に胸を張ってみせた。

「よし、その金は調六の活動費にしてくれ。有効活用してくれよ」

中嶋は深々と頭を下げ、「少しこのままお待ちください」と言って部屋を出てすぐに戻ってきた。

「少しですが」

安森に差し出した封筒には百万円が入っていた。

「課長も全国行脚で大変でしょう。お使い下さい」

これで完全に上司の手綱を握ったと中嶋はほくそ笑んだ。

ほどなく新たな資機材が調六に届いた。しかもチヨダがこんなことを言う。

「チヨダが認めた拠点に関する資機材は、警察庁予算で賄うのが妥当ということになったので、警察庁宛に配付を請求するように」

中嶋はますます笑いがとまらなくなった。すべては部署の金の動きを把握している自分の手柄である。

「古屋係長、資機材を察庁が用意してくれるそうだ。濡れ手に粟《あわ》だなあ」

中嶋は笑みを浮かべながら首をすくめた。

「どうします、資機材は三つもいりませんよ」

古屋も嬉しそうににやりとした。

「そこを巧くやるのがお前さんの手腕だろう。中古は早めに処分して、もう一つも山分けするぞ」

古屋係長もただ頷くだけだった。裏金として一人あたり五百万円以上の金が入ることが容易に計算できた。

「管理官、本当にいいんですか」

金額を想像して少し腰が引けたのか、古屋の表情が一瞬曇る。

「家族や後進のために使ってやれ」

「そうですね」

何に使おうと保険金詐欺の片棒を担いだことに変わりはないのだが。

火災から一ヵ月、中嶋は二千万円をゆうに超える金を我が手に納めていた。上司である安森も金で籠絡《ろうらく》した。

「篠田《しのだ》係長、ちょっと」

篠田警部は将来の公安部を支えるエース級の一人だった。業務評価としては調七の山下には及ばないものの、見込みのある若手である。

「うちの課長を追っかけてくれないか」

さらに安森の弱みを握っておけば盤石だと中嶋は思ったのだった。

「安森課長をですか」

三十代後半の篠田は目を丸くした。

「追っかけ組と、調査組に分けて一ヵ月間の勝負だ。SRなんか関係ない。あの男は必ずどこかで尻尾を出す小狡《こずる》い野郎だ。慎重にマークしてくれ。奴にはマスコミも付いてることを忘れるな」

篠田は興奮した様子で頷いた。

こうして前代未聞の状況がうまれた。この時点で公安総務課長を三組のプロ集団が追いかけることになったのだ。監察の榎本の指示を受けたグループ。そして篠田のグループ。さらには自らの身を守るため、四人の男を使って安森の行動確認を行っている者がいた。調査八係の山下である。

安森は同期生仲間五人と新橋のガード下にいた。ホッピーを呑み、つくね串を頬張りながら、

「公安は金には困らない恵まれた部署だよ。好きなだけ飲み食いしてくれよ、全部俺がもつから」

などと上機嫌に言った。

新橋のガード下で最初に同期会を開いたのは、入庁間もなくのことだった。キャリアとして警察庁に入庁し、警視庁の所轄で見習い警部補として忸怩《じくじ》たる思いをたくさんしてきた。その憂さ晴らしのために、この場所に集まったのが最初である。

「千葉の警務部長はどうなの」

安森は同期に尋ねた。

「知事部局と上手くいかないんだよ。知事はあの通りタレントだろう。ただ国会議

員も経験しているから意外と役人の使い方が巧いんだ。マスコミとのやり取りは手慣れたものだし、もう一期は間違いないんじゃないかな。イヤになっちゃうよ」

「地方で知事部局と上手くいかないと面倒だな」

と安森は食べる方に集中しながら他人事とばかりに言った。事情によっては自分が回されていたかもしれない役職であったが。

「成田問題も抱えている。羽田が拡大傾向にあるのに対して、成田は尻すぼみだ。不便さに加えて未だに反対運動が終わっていない。空港警備隊も未だに全国から派遣してもらっているわけだしな」

千葉県警の最大のネックは成田空港を警備する成田国際空港警備隊、通称「空警隊」の存在である。空警隊は千葉県警の所属でありながら、人員は全国都道府県警からの出向者が大半を占めている。第一から第六まで六個隊ある警備隊の中では警視庁と神奈川県警、警視庁と大阪府警、大阪府警と兵庫県警の出向者は同じ隊に属さないように配置されている。この理由は互いにライバル関係、犬猿の仲であるためとの噂も根強い。

「寄せ集め集団で任期は二年。いつまでたっても連携が悪いんだ。千葉県警の場合、卒業配置は全員が空警隊に配置された時期もある。出向先に気を遣ってはいるんだが、なかなか距離感が微妙だ」

「警務部長も大変だな」

「ああ、まあな」

安森は我が身の幸運を密かに喜ぶ。

「その点、安森はいいよな。警視庁公安部の予算を一手に握っているわけだろう。金に困らないなんて羨《うらや》ましい」

「いや、多少自由になる金があるという程度だぞ」

満更でもない顔で安森は言った。

「警務部長なんて、何もないぜ。本部長のお守り役だし、金はガチガチに管理されているからな」

同期会での羨望《せんぼう》を集めた安森は気前よくどんどん酒を頼んだ。

「おまけに公安部は優秀な人材が揃っている。不祥事もなければ監督機関もないじゃないか」

「そんなことはない。確かに他の部署に比べれば優れた連中は集まっているが、所詮奴らはノンキャリじゃないか。しかも警視庁は他県の試験を落ちてくる奴も多いんだぜ」

「ノンキャリ警察官は頭はそこそこでいいんだ。実地経験を積んで伸びていけばいい。その点、地方警察は警視になっても大して進歩しない奴が多すぎるんだ」

「変化と刺激が足りないんだろうな。大阪県警、神奈川県警なんかは不祥事のオンパレードだもんね」

「なかなか修復しがたい人事問題が根っこにあると言うね。過去の本部長の呪縛とでもいうか」

「あの辺は、警備と刑事が権力争いをしているってね」

「警察トップになるような、よほどの人材が本部長として来ない限り、良くはならないだろうな」

「大変だねえ」

安森は壁に張られたメニューを見ながら相づちを打った。

「できの悪いキャリアの会話は聞くに堪えないね」

近くで静かにグラスを傾けている若手グループの一人がこぼした。

「自分たちの能力を棚に上げて言いたいこと言ってるよな」

「この連中が俺たちの上に来ることはもうないだろうけど。こんな奴らでもいずれはどこかの本部長だろう。やってらんないよな」

若い男はビールジョッキを空けた。

さらに彼らの会話をさりげなく聞いているサラリーマン風の二人組がいた。

「店を出よう」

二人は目配せして店を出ると、店の出口を観察できるビルの中に入った。

「気付いただろう。あの若手グループは公安だよ。公安がなぜ安森課長を追っているんだ」

「自分たちの上司を追う理由がわからないな。榎本係長に報告しておこう」

一人がビルを離れ道端で携帯電話を取り出した。携帯電話は腰ベルトにチェーンで繋いであった。

「こんなところでPフォンを使っていやがる。あの二人組は監察かな」

Pフォンで電話する男の様子を暗がりから見ている者が二人いた。

「そうだろう。安森たちのそばで聞き耳を立てていたグループは調六の奴らだと思う。つまり安森は三組から追われているのか」

二人は目を合わせてくっと笑った。

「あいつは相当睨まれているんだな」

調査八係係長の山下は、この一週間ずっと落ち着かなかった。誰かに追われている気がしてならなかったからだ。

何度か点検活動を試みたが、それらしい姿を確認することはできなかった。それでも公安マンとしての本能が働いていた。

誰の差し金なのだろう。追っている事件をもとに思考を巡らせながら山下がデスクに戻ると、思いがけない報告がもたらされた。

「係長、安森を調六と監察らしい連中が追っています」

「調六と監察が？」

調六が安森を行確する理由が思い当たらなかったが、監察がキャリアを追う理由はもっとわからなかった。もし安森に問題がある場合、動くのは調七であるはずだ。そもそも警視庁人事一課監察係にキャリアを処分する権限はない。キャリアは国家公務員だからだ。

「それぞれ何人で追っているんだ」

「調六は三人、監察らしいのは二人です」

「調六組については中嶋管理官に何らかの思惑があるんだろう。次に監察の連中を見かけたら、二人のうちどちらかにバン掛けをやってみてくれないか。彼らも安森を落とす（見失う）わけにはいかないだろうからな」

「口を割りますかね」

「手帳を出させるんだ。所属と官職氏名を確認してくれ。それが終わったら、安森はもう追わなくていい」

山下は次の一手を考え始めていた。


数日後の夜、安森はまた警察仲間と銀座の路地裏で飲んでいた。午後八時を過ぎたころ、一行は店を出た。支払いは安森がした。

調六の三人グループがすぐさま後を追った。ビルの一階で視察していた二人組がそれに続く。

「あいつら監察だな」

「きっとそうだ」

調八の行確担当である元村《もとむら》は頷いて、二人組のうちの一人と間合いをつめていく。

「おい」

男の肩をぐいと強く摑んで低い声で言った。

肩を摑まれた男は頬を痙攣させながら目をむいて振り返った。

「ちょっと話を聞かせてもらおう」

元村はあえて高圧的に言った。案の定男は怯えた顔を硬直させる。

「誰だ」

男は辛うじて言った。

「警察だ」

「警察？」

男はあたりを見渡す。二人組のもう一人の方はとうに見えなくなってしまった。

「警察がこんな暴力的な態度を取っていいと思っているのか」

「お前はどこの何者で、何をしているんだ」

元村は質問を無視して訊いた。

「お前に言う必要はない」

「そうはいかないんだよ。ちょっとこい」

人通りの少ない狭い路地に連れていこうとしたが、

「人を呼ぶぞ」

と男は大きな声を出した。

「呼んでみろよ。こっちは、ほら」

元村は先に警察手帳を出して掲げた。「みんなお前を何かの犯人だと思って見てるぞ」

すでに二人の周りには人だかりができ始めていた。

男は渋々元村の警察手帳を確認した。

「わかった。ただ上司の承認を得なくてはならない。連絡を取らせてくれ」

二人は人ごみから離れるように駐車中の車両の裏に回った。

「Pフォンを使ってもいいぜ」

「何だって？」

「あんた警察だろう。分かってやってるんだよ。現場離脱なんて考えない方が身のためだぜ」

男はついに観念したように目を伏せてうなだれた。

「逃げはしない。電話だけさせてくれ」

元村が頷くと、男は内ポケットからPフォンを取り出し短縮ダイヤルを押した。

「係長、申し訳ありません。公安部の警部補に捕まってしまいました。……はい、了解」

電話を切ると大きくため息をついて男は言った。

「私は人事一課の警部補だ」

「ヒトイチ、監察だな」

「そこまで答える筋合いはない。警察手帳を見せておく」

所属と官職氏名を名乗る場合、係名まで告げる必要はない。男は警察手帳を元村に示した。

「ヒトイチの堤洋一郎警部補ね」

元村は気分を高揚させながら、口惜しそうな表情の堤に言った。

「捕獲成功。やはりヒトイチでした」

元村は本部に戻る道すがら山下に報告を入れた。

「よくやった。僕から榎本係長に連絡を入れておくから」

山下はすぐに榎本の携帯電話に連絡を入れた。榎本は電話を自宅リビングでとった。

「うちの係員が監察の主任にご無礼を働いたようで、お詫びの電話です」

「いいえ、こちらこそ下手な追っかけをお見せして恥ずかしく思っています」

二人の間に微妙な空気が流れる。

「まあ、お互い仕事ですから仕方ないとして、榎本係長に一つお伺いしたいことがあります」

「何でしょうか」

「私のことも追っていますか」

榎本は心の中で「やはり」と思う。

「もう隠しても仕方ありませんね」

「安森からの依頼ですか」

「それはわかりません。上司からの指示ですから」

榎本はあえて命令とは言わなかった。

「いつまで続けるおつもりですか」

山下の声は落ち着いていた。

「当初はひと月程度のつもりで始めましたが、こうして知られてしまっては続ける意味がありませんね」

「まあ、そういうことですね」

二人はふっと笑い、場が幾分和んだようだった。

「何なら逆問していただいて結構ですが」

「なかなか上手な行確で、私自身、中国か北朝鮮の可能性も考えていたくらいでした」

山下も気を遣っているらしい。

「うちが安森課長を追っていることも先刻お気づきだったんですね」

「あの野郎はろくでもない奴ですからね。今に尻尾を出しますよ。それ以上に、安森の義理の妹の義父、議員の寺岡ですが、いま彼が危なくなってきています。安森の野望は成就しませんのでご安心下さい」

「えっ、そうなんですか」

思わぬことを教えてもらった。

「笑い話として覚えていて下さい。あと今回の件は、兼光一課長には直接報告に上がるつもりです」

山下を追いかけることについては、兼光も承知している。ただ山下の気持ちを考えるとここでは何も言えなかった。山下が続けた。

「そう言えば、調六も安森を追っていたようなんです。中嶋管理官に何の目論見があるのか分かりませんが、一応チェックしておいた方がいいと思いますよ」

「ええ、うちの係員からも報告が上がっています。安森課長の何を狙っているのか、理解しがたい動きです」

「中嶋管理官は定年まであと一ヵ所。最後にどこか居心地の良い場所に行きたいという気持ちはわからないではないけど、上司の弱点を握っても意味がないと思いますが」

「アドバイス、ありがとうございます」

電話を切った榎本は、冷凍庫から氷を取り出してロックグラスに入れると、そこにジャックダニエルをグラスの縁まで注いだ。普段自宅であまり強い酒を飲まない榎本だったが、今日はそういう気分だった。

監察にとって行動確認の失敗は手痛い。後から口惜しさが込み上げてくる。しかも許可を受けていない安森の行確でミスをしたことが原因になって山下を取り逃していた。

「次に活かそう」

奥瀬首席監察官に対する報告のことを考えると頭が痛かった。

翌朝、事実報告書を作成した榎本は奥瀬に報告に行った。

「どうして安森公総課長まで追ったんだい」

奥瀬は首をかしげた。

「私の判断ミスです。安森公総課長をうち以外に二組も追っていたとは考えもしませんでした」

「逆問を受けたわけではないが、本来の仕事である山下係長の行確ができなくなったわけだな」

「申し訳ありません。この十数日の動きだけでも報告すれば、安森公総課長の山下係長に対する考え方も多少変わってくるのではないかと思います」

「山下係長が会ったのは、官房長官、官房副長官、財務相、日経連会長、マスコミ各社の論説委員クラス、若手注目政治家、霞が関の役人、内調職員と、まあよく話のネタがあるものだと思うよ」

奥瀬は笑いながら言った。

「官房長官に至っては、国会議事堂内で山下係長の肩を抱えて小声で話をしていたと言いますから、相当な仲ということですよね」

「実際に写真もあるんだからな。安森公総課長とてむげには扱えないだろう」

「安森公総課長は山下係長のどこを心配したのでしょうか」

「不気味だったのだろう。自分の弱みを摑まれることがね」

「何か悪いことでもしなければ弱みはできませんが」

「問題の大本はそこだ。榎本係長もそこに気付いたから安森公総課長を追わせたんだろう？」

奥瀬が理解を示すような眼差しを向ける。奥瀬は課長の兼光に連絡を入れると、榎本を伴って課長室に入った。

「先ほど山下君から直接連絡があったよ。追尾を受けていたような気はしていたが、全く追尾者を確認できなかったそうだ。その技量は公安部顔負けだと言っていた。確かに安森の動きは注意したほうがいいな。山下君を追っていたチームに安森をやらせよう」

「山下係長の行確結果の報告は如何しますか」

「山下君から適度に端折って報告をしてもらうことにするよ」

「お気遣いいただいて申し訳ありません」

「山下君は今、チヨダの特命で動いているらしく、担当管理官にも行動を報告していないようだ」

「公安部にはそういう動き方もあるのですね」

「安森にとってはそういう点が面白くないんだろうが」

「それに山下係長は政治家とのパイプもありますから、安森課長が政界進出を考えていらっしゃるなら、その辺りも鬱陶《うっとう》しいのかもしれません」

「その夢は早晩に消えそうらしいがな」

「やはりそうなのですか」

「山下君から聞いたか。寺岡幹事長が政治資金規正法違反でやられるようだ」

寺岡が倒れれば、安森が政界進出の足がかりにするものは何もない。

「ところで、公総調六の管理官の件ですが」

「中嶋管理官ね、彼が係長時代に一緒に仕事をしたよ。実にユニークな存在なんだよ。慎重さと大胆さを兼ね備えているんだ。それまで誰も手を出さなかった分野に進出して協力者を獲得していたんだ」

「係長自らですか」

「部下の使い方も上手かったな。そんなに優秀な部下がいたわけではなかったんだが、部下をその気にさせるテクニックを持っていた」

「その管理官がなぜ安森課長を調べていたのでしょうか」

「正直、よく分からない。中嶋さんを調べるのは心苦しいところもあるが、榎本君、短期集中でいいからチェックしてもらえないだろうか」

「中嶋管理官の組織内人脈はどうなのですか」

「他の部署にはそんなに深いつながりはないとは思うんだが、人事記録から同期などはチェックしておいてくれ」

「携帯の通話記録も取ってよろしいですか」

「……仕方ない。やってくれ。それから安森の動きももう少し見ておいてもらいたいんだ」

榎本はデスクに戻ると、中嶋管理官の人事記録を取り寄せた。そこには公安総務課を渡り歩いた職人肌と言われる捜査員の記録があった。

中嶋管理官は警部時代に警察庁警備局警備企画課に出向していたが、どういう理由か一年半で出向が打ち切られていた。それにもかかわらず、公安部の調査担当に戻っている。当時、調査担当は第四係までしかなく、彼は第四係の係長だった。その後、第五、第六係に組織が拡大し、五年前に総合的な組織情報収集目的で第七係が新設されて、現在では情報収集全般をまかされている。

榎本は山下係長に電話を入れた。

「山下係長、中嶋管理官は警部時代警察庁出向から一年半で帰ってきているんだけど、その理由をご存知ですか」

「早速調査を始めたんですね。それはね、中嶋管理官はチヨダの校長担当だったんだよ。榎本さん、チヨダってご存知ですよね」

「警備企画課の情報分析をするポジションですよね」

「警備情報の総本山ですね。そこには校長とも裏理事官とも呼ばれる警視庁と、その補佐役の警部がいるんですが、その補佐役だったんですよ。ところが、校長と大喧嘩してしまいましてね。一発でクビ。警視庁に追い返されてしまったわけです」

「チヨダに切られたら公安マンとしては終わりなんじゃないんですか」

「ところが、その校長の素性があまりよくなかったんです。チヨダの校長から国会議員に転進した強者も過去にはいましたが、中嶋さんと喧嘩した校長は全国的に評判が悪かったんですよ。チヨダの先生がクビになった話は全国に広がりますから、中嶋さんは公安の情報と作業チームの中では一気に全国区になってしまったわけです。よくぞ言ってくれました、と」

　噂話の域を出ないところもあるだろうが面白いエピソードだった。

「ははは、そんな経緯があったんですか」

「ただ、公安部に戻ってきて取り組んだ先が悪かった。タチの悪い団体でして」

「ほお……」

「そこで中嶋さんはその宗教に魂を売ってしまったんですよ」

「宗教団体ですか」

「都政や警視庁に多大な影響力を及ぼす団体があるでしょう、あそこですよ」

山下は具体名は伏せたが誰もが知っている、あの団体だということは分かった。

「魂を売るというのは具体的に何をしたのですか」

「チヨダ時代に仕入れた情報を売ったんですよ」

「なんですって？」

「チヨダの校長から国会議員になったあの人も、その情報力で野党の弱点を突きながら党内で力を付けたんですから。それに比べれば可愛いもんですよ。宗教団体もまた中嶋さんを巧く利用したんです」

榎本は思い切って訊ねた。

「山下さんはどこでそんなことを知ったんですか」

「私もその宗教団体の中に協力者を作ったんですよ。中嶋さんを使っていた連中よりはるかに上位のタマをね」

これが公安マンの動き方である。

「兼光課長はそのことをご存知なんですか」

「そこまで言っていません。ただ、今回の中嶋さんの動き次第では報告した方がいいかも知れないとは思っています」

「でも、中嶋管理官は様々な手法で協力者を作る職人肌だと聞きましたが」

「一年半もチヨダの先生をやっていれば、日本中の公安マンの情報収集と協力者獲得の手口がわかります。そこでだいぶ勉強されたんじゃないですか」

山下の上を上とも思わない口調には毎度のことながら驚かされる。

「中嶋さんは上司のキャリアをいい気持ちにさせてから、好きに動くタイプです。おそらく宗教団体からのアドバイスでしょう。今の安森にしても、もう中嶋さんは掌握済みでしょう。安森は金に弱いですからね」

「そのようですね」

「中嶋さんは長年公安にいることで、内部の金の動きについては精通しています。どこから金が出て、誰が承認して、金がどこへ流れていくのか。帳尻を合わせるべきところ、合わせなくても気付かれないポイント。その絡繰《からく》りを知っていればピンハネもできますよね」

山下の言い方は思わせぶりだった。確固たる証拠があるわけではないが、中嶋管理官の周辺で不審な金の動きがあるのかもしれなかった。

　榎本は次の一手を見据えて電話を切った。


　週末、安森の自宅にベンツが納車された。

「ベンツCタイプの新車のようです。ナンバー照会してみます」

監察分室の泉澤主任が、部下からの報告を受けて榎本に連絡をしてきた。

運輸支局のコンピューターのサーバーに、緊急用ルートを通して照会する。詳細登録事項をチェックしたところ、車両が新車ではないことが分かった。

「安森課長の名義になる前、三つの法人によって所有されていました。未使用車か新古車のようです」

「最後はどこだ」

「江戸川区内にあるアサヒモータースという中古車販売店です」

「以前、中嶋管理官たちと一緒に行った店だな。おそらく調六の捜査員の協力者なんだろう」

「あの時、調六の警部補が同行していましたね」

「安森課長は現金で払ったのか。口座をチェックしてくれ」

車の名義人に金融機関名がないということはローンを組んでいない。

榎本は安森が保有している複数の預金口座のチェックを警信（警視庁職員信用組合）の理事長に依頼した。

金融機関はいわゆる社会保障・税番号制度、いわゆるマイナンバー制度の運用に基づき、個人が保有する金融機関口座を統合管理できるようになる。このシステムができるまでは、金融機関に調査協力を仰いでいたのだが、マイナンバー制度のおかげで捜査が格段にやりやすくなる。

「国家公務員の公総課長でも給与振り込みは警信なんですか」

「国家公務員でも金を借りる時のことを考えると、身内に優しいからな。特に、振り出しを警視庁で経験した安森課長のようなキャリアは、ほぼ全員口座を持っているんだよ」

しかし安森の口座からベンツの代金が引き出された記録はなかった。

「さて、誰が金を支払ったのか」

「札幌で安森課長に金を渡した不動産会社の男でしょうか」

「出張先で金を受け取っていたとなると、預金口座に入れていなかった可能性もあるからな」

榎本は安森が多額の現金を保有している可能性を考えていた。

「アサヒモータースの口座を調べてみますか」

と泉澤。そうすればどこから振り込みがあったか分かるだろう。

「安森本人が現金を持ち込んだ可能性は低いだろうし、公安部の別室で業者に手渡しする可能性も低いからな」

企業の銀行口座情報は税務署に行けばわかる。けれども税務署は犯罪の疑いがない限り、たとえ警察が聞いても税務報告を開示してはくれない。

「信用調査会社に確認してみます」

泉澤が任せてくれとばかりに言った。

「いいルートを持っているね」

「公安部の情報担当は、ほぼ持っていますよ。あのクラスの中古車販売店は盗品売買の疑いをかけられないよう、信用調査会社には事実を報告しているでしょう」

国内では二つの信用調査会社が、業界の九割のシェアを持つという。信用調査会社が上場企業以外の企業情報をどのように収集しているかについては、明らかにされていない。彼らは企業が公開していない税務報告に近い情報までも、どこからか入手しているのだ。

アサヒモータースの取引金融機関はすぐにわかった。都市銀行と地方銀行、地元の信用金庫の三ヵ所である。

「さすがに銀行調査は月曜日になってしまいますね」

「朝一番でやってもらいたい」

土曜の午後、最初に車を運転したのは安森夫人だった。夫人は大喜びで、安森も満足げである。

「プレゼントという感じですね。奥さんは金の出どころを気にしないのでしょうか」

「奥さんは中堅企業の社長令嬢だから、金はあって当たり前なんだろう」

ベンツが納車された二日後、九時に三ヵ所の金融機関に捜査員が入った。

捜査員は支店長を呼んだ。企業調査ではなく、とある一件の入金について調べるだけなので、アサヒモータースへの連絡を厳に慎むよう釘を刺した。金融機関は警察の犯罪捜査よりも顧客を守ることを優先するため、しばしば捜査情報が流れてしまう。

「承知しました」

支店長も安堵した表情で該当する入金情報を調べた。

「警視庁職員信用組合から二百八十万円の入金があります」

榎本は泉澤から連絡を受けると、直ちに警信の理事長に連絡を入れた。

「公安総務課庶務担当の朝原管理官から現金で振り込みを受けています」

「現金振り込みなのですね」

榎本は一瞬、庶務担当が安森から依頼を受けて、安森の金を振り込んだのかとも思ったが、それならば安森の名義で振り込むはずだと思い直した。

「朝原管理官から聴取するしかないな」

榎本は奥瀬首席監察官に事実報告をした。

「朝原管理官はね、警部補、警部と正規の昇任試験に合格して管理官になったわけではないんだよね」

「そんな人が公総の庶務担当管理官になることができるんですか」

「公安部の機密費、裏の金の流れを知っているからだろうな」

「外せなかったんですか」

「公安の金は、官邸の官房長官が預かる官房機密費と同じで、領収書を切らずに使える金だ」

「どのくらいの機密費があるのですか」

「それは庶務担当管理官以上の、ごく限られた者しか知らないんだ」

「その金は国費ですよね」

「警察庁予算以外に官邸から与えられている分もある。官邸には内調のような情報収集分析機関はあっても、強制力を伴う捜査機関はないからね」

「なるほど。そうなると、その金の使い方も機密扱いになる可能性がありますね」

「ただ、今回は支払先が特定されているし、用途も明らかだからね。朝原管理官も隠しようがないだろう。本件に関しては私から直接聞いてみよう。首席監察官からの質問内容はたとえ直属の上司で、しかもキャリアの課長に関するものであっても機密事項だからね」

　奥瀬首席監察官からの聴取に対し、朝原は素直に事実関係を答えたという。

「朝原管理官は安森課長に命じられ、ベンツ代を活動費から支払ったようだ。なぜなら調六が遣う捜査車両と思ったらしいんだ」

「二百八十万円もするベンツをですか」

「一応警察車両の予算の範囲内らしい。警察車両は一般車両に比べて特殊な装置が付くこともあって、同一車種であっても割高だというからね。しかも今回は新古車だから、捜査を偽装しやすい車種という触れ込みだったらしい」

「すると朝原管理官には不正な使途に関する認識はないわけですね」

「そのようだな」

「活動費で購入した物品の所有権はどうなるのですか」

「動産であっても登記と同様の効果がある車両などは、実際に登記された者に所有権が移転することになる」

「すると、今回は安森課長のもの、ということになるのですね」

「そうなるな」

奥瀬は苦虫を嚙み潰したような顔つきになって腕を組んだ。

「キャリアである安森課長の件はヒトイチだけでは如何ともしがたい。長官官房首席監察官に任せた方がいいだろう」

警察庁長官官房首席監察官はキャリアの年次的には警察庁本庁局長、警視庁副総監とほぼ同等だ。将来の長官、総監候補が就く重要なポストだった。

「こちらは中嶋管理官の裏取りですね」

「少々時間がかかるかも知れないな」

「警察庁と同時進行できればいいのですが」

「中嶋管理官の捜査はどこまで進んでいるんだ」

「現時点で預金関係は終わっています。茨城県内の自宅と、さいたま市にマンションを所有しています。借財はありません」

「さいたま市のマンションは誰が住んでいるんだ」

「三年前に購入していますが、資産運用会社に任せているようです」

「不動産収入があるというわけか。どれくらいの評価額なんだ」

「2LDKで四千五百万円です」

「それでも借財がないのか」

「相続があって、と周囲には伝えています。確かに中嶋管理官の実家は大規模農家だったようで、相続税の納付事実は確認しております」

奥瀬はそこまで聞くと目を閉じた。

「情報分野に強い、見所のある公安マンだったのにな。警察人生の最後に来て、何かが壊れてしまったのだろうか。それともここへ来て隠してきたボロが出たのか。大金は人を変えてしまうものかね」

ため息を吐いた奥瀬は兼光参事官に連絡を取った。

榎本は調六の中嶋と古屋庶務担当係長の人事記録を再確認し、安森を追わせていた捜査員をこの二人の行確に回した。

そこへ兼光から連絡が入った。チヨダの理事官からの情報で、調六が運営していた札幌の拠点が火災に遭って資機材が全て焼失したという。

「焼失した資機材は公安総務課のものだったのですか」

「調六独自の資機材だそうだ。今後はチヨダが資機材を提供して、国費管理の物品に改めるということだ」

「焼失した資機材は高価なものなのですか」

「かつて確認した時の評価では一千万は下らないということだった」

「調六にとっては大変な損失ですね」

「と言っても、調六の捜査員が金を払ったわけではない。国費の活動費で買っただけのことだ」

「火災保険は誰に下りるのでしょうか」

それだけの資機材にかけている保険金は少額ではないのではないか。ふと榎本は気になった。

「保険か……そこもチヨダと道警の警務部長に確認しておこう。道警の警務部長は

「私の一期下だから話は早い」

　キャリアの世界では後輩が先輩よりも先に出世することはほとんどない。年次で一年差があれば、それは永遠に続く上下関係を意味する。ノンキャリのように昇任試験の成績によって出世に差がつくことはない。

　警察庁キャリアは八月に昇任する場合が多い。これは煩雑な国会開期中の人事異動を避けるためである。


　昼過ぎ、榎本は再び兼光に呼ばれた。

「ちょっと厄介なことになってきた」

　榎本が課長室に入ると、そこには岩本《いわもと》警務部長と奥瀬首席監察官の姿があった。警務部長室は課長室の隣であり、警務部長が課長室にいること自体が不自然である。

　兼光課長が切り出した。

「道警の警務部長から話を聞いたんだが、拠点として使っていた部屋の階下で内ゲバ事件が発生していたんだ。テルミットを使用したガス爆発事件で死者も出ていた。建物の七世帯が全半焼で、拠点は完全に崩壊したらしい。ところが、この建物が手抜き工事であったことが爆発事件で明らかになったんだ」

榎本は頭を整理しながら兼光課長の話を聞いていた。

「マンションの施工はゼネコン大手で、手抜きが発覚すると専門家の立ち会いの上で非破壊検査を行い、手抜き箇所の補強で済むことがわかると、すぐさま居住者に対して損害賠償の対応に入ったようなんだ」

榎本の反応を見ながら兼光課長は話を続けた。

「すでに立ち退く者に対しては相応の賠償を行い、居住を継続する者には手厚い対応を取ったそうだ。その中で全半焼した七世帯のうち、完全な被害者の五世帯に対しては損害賠償の他に多額の見舞金を支払っていたんだ」

そこまで言うと、兼光課長が榎本を見て頷いた。

「賃貸借物件に対してはどうだったのですか」

「調六が借りていた部屋は、道警の協力者が所有する物件だったんだ。しかしゼネコンは、借主が警察関係者と知って、賃貸借契約者にも相応の賠償金を支払っていたんだ」

「すると、調六にその金が入ったということなのですか」

「借主は調六の中嶋管理官の実弟だったんだ。さらに、資機材や他の家財道具等一式に関しても、道警が焼失証明書を出したようなんだ」

「本当は焼失などしていないのに」

「そのとおりだ」

「視察拠点に関する経費はどこから出ていたものなのですか」

「経費は全て国だが、動産に関しては調六の内部留保金で賄われていたようだ」

「本来ならばあるはずのない内部留保金ですね」

「それが現場の運用で行われていたのだから仕方がない面もある。彼らにも言い分はあるだろう。更なる問題はその後。榎本君が言っていた保険のことなんだ。中嶋管理官は火災保険を複数掛けていた。資機材にもね」

「総額でどのくらいだったのですか」

「クレジットカードの信販会社が高額使用者に対して無料で斡旋《あつせん》していたものを含めて総額二千五百万円が支払われる計算だ。そして、もう一つ重大なことがあって、資機材を購入した際に掛けた保険適用も受けることができて、これは既に同一商品を調六に渡していることがわかったんだ」

「保険の権利の所在がどうなるかですね」

「そう、賃貸借契約の名義人は確かに中嶋管理官の実弟だが、その他の経費は国家で出しているものだろう。賃貸借契約時に締結した火災保険分は自主的にこちらに返還されるとは思うんだが、他人の動産に勝手に保険を掛けて、事故が起きたから
と言って保険請求することはできない」

「しかも、名義貸しの賃貸借契約に第三者は保険契約を締結できないはずです。特
に今回の場合は住宅瑕疵担保履行法にかかる届出手続きに必要な『保険契約締結証
明書』をどこが出すのか」

「そんな詐欺行為を働いていたのか」

ようやく岩本警務部長が憮然として口を開いた。

「おっしゃる通り詐欺行為です」

と兼光課長。

「警視庁警視による保険金詐欺容疑事件ということですね。数千万円の金が絡んで
いるとなると黙っていられないですね」

奥瀬も眉をひそめた。

「中嶋管理官の単独犯なのでしょうか」

榎本には疑問があった。

「どういうことだ」

「公総各担当には必ず庶務担当係長がいて、金銭等の管理はそこでやっているはずです。北海道の火災事故の際にも中嶋管理官に庶務担当係長が同行しています」

「共犯か。庶務担当係長の年齢は」

「古屋周二《しゅうじ》、四十八歳です。警部補時代から公総担当部署の庶務担当です」

「金の使い方を知っている奴なんだな」

「金の運用は中嶋管理官の方が上手だとは思いますが、帳簿の数字合わせは巧いと思います。現在、古屋係長の行確と捜査も始めましたので、数日間様子を見たいと思いますが如何でしょうか」

「榎本君は随分手回しがいいな」

　榎本の提案を受けて一週間、様子を見ることとなった。また保険各社に対しては支払いの猶予を申し入れ了承されていた。

「既遂と未遂では大きな違いだからな」

　榎本が分室の大賀《おおが》主任に言った。大賀はコンピューター関連に詳しく、ビッグデータ解析の専門家としてサイバー犯罪対策課からヘッドハンティングした人材だった。

「調六が使っていたカメラやビデオレコーダーは本当のプロ仕様だったのですね」

大賀は興奮した様子で言った。

「一千万くらいするらしい」

「メーカー希望小売価格では、千百万円を超えています。一昨年のセキュリティ・安全管理総合展で展示されたもので、現在でもほとんど値下がりしていない商品です」

「素人でも使えるものなの」

「使えますよ。特に秘匿にガラスの奥から目標を撮影するような場合には、絶大な効果を発揮するでしょうね。さらにビデオレコーダーは画像解析にマッチできる機種ですから、対象者の発見や正確な行動チェックも容易になると思います」

「正確な行動チェックというのはどんなことなの」

「今、本人確認は３Ｄで照合するのですが、細かな癖や吸っているタバコの種類などを見ることで、今後の参考になるのです。特にレンズがいいので、数百メートル離れた拠点であっても、直近で見るのとほぼ同等の視認をすることができます。読唇術にも対応できます」

「技術の進歩はすごいね。数百メートル先で喋る人間の口の動きをみれば、内容を摑めるとはね」

技術の進歩が警察の捜査そのものを変えていくような気がした。

すると、監察係が独自で購入したラップトップパソコンを榎本のデスクの隣で操作してビッグデータを解析していた大賀が声をあげた。

「係長、これ」

「どうしたの」

「調六が入手したものと同機種がネットオークションに出ているんです」

「そんなに珍しい品なのか」

「いえ、二台ずつ出品されているところが怪しいです。一つは新品。もう一つは中古品なんです。中古品が出品開始されたのが火災事故の三日後。さらに新品のものは同一商品を受け取った四日後です」

「入札希望価格はどうなっている」

「中古品は二十パーセントオフで、すでに四件の入札が競合中です」

「出品者はわかるのかい」

「オークションＩＤから調べることができます。発送元は東京になっています」

「至急調べてくれ」

焼失したはずの資機材が残っていたとなると、調六の若手捜査員をも巻き込んだ組織的な詐欺行為の疑いがある。

「現金化を急いでいるんだろうな」

榎本と話をする間も大賀の手は動き続けていた。

その日の夕方には出品者が特定できた。

「調六の古屋周二警部の息子で、古屋啓《けい》。二十五歳です」

「古屋から呼ぶことになるな」

榎本は容疑者となった係長を呼び捨てにすると、大賀が言った。

「オークションを秘匿で止めた方がいいと思いますが」

「こちらから申し入れをすればいいのか？」

「オークションサイトに犯罪組成物件の可能性を示唆すれば、運営者がブレーキをかけますよ」

「やってくれ。警察の不祥事に一般市民を巻き込みたくないからな」

「調六の呼び出し準備ができました」

榎本は兼光課長に報告した。

「警察庁と同時にやろうと考えている。長官官房の渡辺首席監察官と調整中だ。安森が来週また出張を計画していたようなので、会議を開くことにして取りやめさせておいた。安森以下五人でいいんだな」

「はい。今回、広報する際に、また裏金の問題が出てくるのが気になります」

「裏金ではなく活動費の支払いということで統一することにした。渡辺首席監察官は国費のプール問題は警備局内の問題として、国費の運用について岩瀬警備局長に改善を指示するようだ。二人は同期だが、渡辺さんの方が学年が一個上だからな。監察の立場としては釈然としない問題かも知れないが、活動費の運用というものはそういうものなのだ」

　兼光は言った。

「国家に活動費がある以上、その運用が下部組織まで影響を及ぼすのは仕方ないことだと思います」

「理解してくれて助かる。庶務担当係長の聴取は榎本君にやってもらいたい。中嶋管理官の調べは奥瀬首席監察官にやってもらう。それから、調六の金で調六にある分は、一旦全て押収するから、その保管と立会人を管理の理事官に依頼することにした」

「事件担当理事官でなくてよろしいのでしょうか」

「一つ上にやってもらった方がいいだろう。事件担当理事官は引責の可能性が出てくるからな」

翌日の午前十時、公安部別室を渡辺首席監察官と長官官房係員三人が訪れた。松本公安部長と渡辺は同期だった。二、三分の会話の後、渡辺は松本と公安総務課長室に向かう。

松本はノックすることなく入室した。渡辺が黙って続く。

安森公総課長が自席に座って部下と話をしている。

「ノックぐらいしろよ」

不愉快そうにドアの方を睨んだ安森は、そこに立っていた二人の顔を見て思わず立ち上がった。

「部長、どうも失礼しました」

話をしていた公安部の管理官は、ただならぬ雰囲気を感じたのか何度も頭を下げながら逃げ出すように課長室を後にした。

「安森、お前に聞きたいことがある。長官官房まで同行してもらおう」

渡辺首席監察官の太い声が部屋に響いた後、場は静まり返った。顔面蒼白となった安森は息がとまったように目をぱちくりとさせている。

言葉を発することができない安森に向かって松本公安部長が言った。

「包み隠すことなく、全てを話してこい」

三人の長官官房係員が安森の両脇と後ろに立って、両腕と腰を押さえた。

別室の係員と控室で決裁待ちをしていた多くの公安部幹部が啞然とする中、安森が課長室を出た。

その後、安森がこの部屋に戻ることは二度となかった。

公安部別室と同じ十四階にある調査六係の部屋には、奥瀬首席監察官を筆頭に公安部理事官と榎本以下監察係員十人の計十二人が入室した。

公安部理事官が中嶋管理官と在席していた係員に向かって言った。

「中嶋管理官、あんたに聞きたいことがある。古屋係長も一緒に来てくれ。それから、庶務主任は残って、他の者は全員外に出てくれ」

ものものしい雰囲気に包まれた。

中嶋、古屋も係員に両脇と背後を固められてしまった。

「なんだお前は、失礼じゃないか」

中嶋は精一杯の強がりを見せた。

「中嶋管理官。私の命令だ。おとなしく言うことを聞け！」

奥瀬が一喝した。警視庁本部内で勤務する管理官で奥瀬の顔を知らない者はいない。中嶋管理官は深くうなだれて席を立った。古屋も続く。

警察官の取調べはスムーズな場合が多い。今回も例外ではなかった。証拠を次々に見せられた二人は三十分ももたずに完落ちし、北海道の拠点に入っていた若手捜査員たちの名前も明かされた。


その日の午後二時、東京地検特捜部長が記者会見を行い、寺岡修造民自党幹事長を政治資金規正法違反及び受託収賄罪で逮捕したことを発表した。

「安森、退路も断たれたな」

「仕方ありません」

「お前、司法試験にも受かっていたんだよな。しかしこれじゃあ弁護士にもなれないな。どうしてこんなくだらないことをしたんだ」

「先輩から教えられたことをやっただけです」

「北岡か？　あいつがどんな奴かもわからなかったのか」

「わかりましたけど、北岡さんはあれだけのことをやっておきながら、最後の最後まで何の処分も受けなかったじゃないですか」

「おまえ、司法試験に受かったんだから犯罪の構成要件くらいわかるだろう。北岡は確かにろくでもない野郎だった。政治家に取り入り、北朝鮮とのパイプをちらつかせながら保身に走った奴だったからな。倫理的な問題は数多く抱えたが、それでも罪は犯していないんだよ。奴は政治家になりたかったわけじゃない。政治家を利用することだけを考えていたんだよ」

安森はゆっくりと俯《うつむ》いてから、

「私は逮捕されますか」

怯えた声で聞いた。

「警視総監次第だ。警視総監といえども地方警務官だからな。警察庁長官のように一存で判断はできないだろう」

国の行政機関である警察庁に所属する警察官の任命権者は警察庁長官であるが、警視正以上の階級で警察庁から都道府県警察に出向した者は任命権者が同庁長官から国家公安委員会に変わるのだ。

結局、国家公安委員会は安森を告訴しなかった。被害が回復され、倫理規程に則して懲戒処分を受けたからだった。

中嶋管理官は懲戒免職、古屋係長は停職の懲戒処分を受けて諭旨免職、三人の捜査員は警視総監訓告で懲戒処分こそ受けなかったが、命令転勤となって所轄に異動した。

「後味の悪い処分でしたね」

富坂分室で結果を聞いた泉澤はぼやいた。

「活動費というものは公明正大を旨とする警察組織には本来そぐわないんだ」

榎本は言った。

「しかし、公安部は警察にとっては必要な組織なんでしょう」

「新しい情報機関ができるべきなんだよ。公安だって腐っている部分はある」

*

自宅に戻ると菜々子《ななこ》が珍しく料理を作って待っていた。

「おっ、ステーキか。久しぶりだな。それに赤ワインまであるじゃないか」

「たまにはお家でゆっくり食べたいでしょう」

「そうだな。家で食べる飯が一番美味いよ」

「ところで、警視庁の偉い人がクビになったって、マスコミの人が言ってたわ」

「マスコミ？」

菜々子に記者の知り合いなどいたかと榎本は思う。

「昨日の異業種交流会で会った人よ」

「いつからそんな所に行っているんだ」

「先輩に誘われたの。マスコミの人は東大経済学部卒のエリート」

「他にどんな人がいたんだ？」

「うちの本店営業部の人に会ったよ」

「ただの合コンだろうが。そんなところに顔を出すなよ」

「社会人として情報交換してきただけ。仕事上の人脈作りよ。でも博史さんが妬《や》いてくれてちょっと嬉しいな」

榎本は呆れ顔で菜々子の話を聞いていた。

「それにしても、いいワインといい肉だな。すごく美味いよ。悪いな、給料日前にこんなに豪華な料理を揃えてもらって」

「ううん。博史さんのお部屋を掃除していたら、枕代わりの分厚い本の中から三万円出てきたの。自分でも忘れていたでしょう」

「なに？　枕代わりって、六法全書のことか」

「枕にするには硬すぎるけどね。ページを開こうとしたらパリッパリに固まっていたわ」

「そうすると、これは僕のお金で買ったのか」

「忘れられていたお金が出てきたんだから、臨時ボーナスみたいなものよ。それとも隠していたの？」

「僕の活動費が……」

「いつもごちそう様です」

菜々子は手を合わせると中が桜色をしたフィレ肉を頬張り、歓声を上げた。

今度の活動費の隠し場所はどこにしよう。菜々子のワイングラスを満たしてやりながら榎本は思案した。

第三章　告発の行方

「職員相談一一〇番」、またの名を駆け込み寺。警視庁職員の相談センターの一つである。人事一課制度調査係内に置かれており、職場内におけるハラスメントに関する相談などが寄せられる。

職員相談一一〇番の電話が鳴った。

「私、小笠原署刑事課刑事係長の池橋陽一《いけはしよういち》と申します。実は、私の部下の主任が署長から猛烈なパワハラのような扱いを受けておりまして、その対処方法についてご相談したいのですが」

ほとんどの所轄の刑事課に属する係長は盗犯、強行犯、知能犯等に分かれるが、小笠原署の場合は刑事係長として刑事事件全般を担当していた。

「小笠原署長と言うと小松《こまつ》署長ですが、どういうパワハラなのですか」

電話を取ったのは、この春着任したばかりの田川《たがわ》主査だった。

「全ての所属長の名前を覚えていらっしゃるのですか？」

「卓上のパソコンで検索しただけです」

人事一課には警部以上の全てのデータを即座に確認するシステムがあるらしく、小松署長の名前がすぐに出て来たことに池橋は驚いた。

「そういうことですか。実は署長の行為がパワーハラスメントに該当するものなのかどうか、私自身も判断できないのですが、一番多いのが『お前は警察官のクズだ。俺の前に顔を出すな』という言葉です。それも一般の島民もいる一階の大部屋で朝一番から始めるんです」

「それは強烈ですね。その態度が始まったのはいつ頃のことなんですか」

「私もこの春に着任したばかりでこの目で見たわけではないのですが、昨年末の署長の着任早々からやられていたそうです」

「署長と、今名前は聞きませんがそのパワハラを受けている方は以前、どこかで一緒だった、ということなのでしょうか」

「はい。部下は巡査部長なのですが、彼が機動隊の隊員時代に署長は担当小隊長だったそうです。その頃から部下はイジメの対象だったそうです」

「そこであったイジメというのはどのような行為だったのですか？」

「それに関しては本人が語りたがらないものですから、私も困っております」

「私の方で当時の関係者から話を聞いてみます」

「ところで、もしこれがパワハラ行為だと認定された場合には、署長に対してどのような不都合が起きてしまうのでしょうか」

「それは監察官が決定することになると思います。首席監察官からの厳重注意ということになるかも知れませんし、さらには懲戒処分の対象となる場合も出てきます」

「小笠原署まで足を運ばれることになるのですね」

「事実確認を電話で済ませる訳にはいきませんから、そうなる可能性が高いと思います。それ以前に秘匿で事実確認をする場合もあります」

「ところで、私のような相談者は保護されるのでしょうか」

「相談事案は内部告発ではありません。最近では内部告発であっても、組織改善のためであればウェルカムというご時世ですから、どのような相談事案であっても、池橋係長の名前を出すことは一切ありません。相談者の立場を守るのも私どもの大事な仕事の一つですからね」

田川は池橋を安心させるように言った。

「失礼ですが、お名前をお伺いしてもよろしいでしょうか」

池橋が恐縮しながら尋ねた。

「人事一課制度調査係主査の田川誠吾《せいご》と申します」

「主査ということは一般職の方ですか」

「いえ、警視庁警部です。本部の警部全員が直ちに係長職に就くわけではありません。係長枠は分掌事務で決まっているため、それ以外の新任警部は主査扱いとなるのですよ」

池橋は本部勤務を経験したことがなかったため、警部が主査扱いになることを初めて知ったのだった。

「突飛な質問ですが、池橋係長から見て、小笠原署内の人間関係で、ワンツーである小松署長と次長の中野警部との関係はどう見えますか」

警視庁には小笠原署の他に八丈島署、三宅島署、新島署、大島署の四つの島部警察署があり、いずれも第一方面本部に所属している。中でも小笠原署は都内から一千キロメートル以上離れているため、任期は他の島部四署よりも半年短い一年半の勤務となっている。そして、島部警察署には未だに次長制度が残っており、島部以外の警察署のワンツーが署長、副署長であるのに対して、署長、次長がワンツーとなっている。この次長は管理職警部で、任を終えると本部の管理官として帰庁することが常となっている。

「中野次長は公安部出身で、管理部門出身の小松署長を補佐する姿勢が強いようです」

「すると関係は良好ということですか」

「私からは何とも言い難いです。小松署長は激昂型で中野次長は冷静沈着型です」

池橋が申し訳なさそうに言うと、田川主査は「そうですか……」と呟いた後に一度、咳払いをして答えた。

「こちらで詳細を調査致しますので、池橋係長は部下の主任さんを守ってやって下さい」

小笠原の強い日差しがカーテンの合間から差し込んでくる。

電話を切った池橋は宿直室から刑事部屋に向かった。刑事部屋といっても係長以下五人のチームでしかない。

「今年は傷害事件が多かったですね」

秋に入って管内で夏季に発生した事件の整理をしていた主任の大脇雅彦《おおわきまさひこ》が姿を見

せた池橋に言った。

小笠原はこの数年、自然環境保護ブームの影響もあってか、来島者が増加傾向にあった。中でも夏季には島内の宿泊施設はほぼ満員が続き、唯一の交通手段である「おがさわら丸」そのものが宿泊施設になるほどだった。

「小笠原は新島や式根島に行く若者よりは旅費と往復の時間がかかる分だけ、まだ客層はいいはずだったんだけどな」

「夏の新島はセックスアイランドですからね。私もマル機（機動隊）の時に島部派遣で新島に行きましたが、ひどいものでしたよ。小笠原がそうならないことを願っていますよ」

島部五署には夏季の繁忙期に応援のため警視庁機動隊一個小隊が派遣されるのが慣例になっている。

「式根島で発生した集団強姦事件の捜査をやらされたことがあってね。一ヵ月ぐらい島暮らしをしたことがあったんだ」

「いろいろ経験されていらっしゃるんですね」

大脇はさほど歳の差がないにもかかわらず、物事を知っている池橋に感心するかのように言った。

「ところで今日はオヤジの顔を見ないな」

警察署では署長を「オヤジ」と呼ぶのが慣例となっている。最近では女警の署長や、若いキャリア女性も署長として赴任することがあるが、彼女たちも同じように呼ばれた。

「なんでも知事が硫黄島に視察に行くとかで、今自衛隊に交渉に行っているようです」

硫黄島も小笠原署管内に入るのだ。

小笠原村父島には海上自衛隊父島基地がありUS−1、US−2飛行艇用の揚陸スロープが設置されている。

「するとまた張り切っているわけだな」

「あんな人が署長ですからね。警視庁もおかしいですよ」

警視庁幹部による激励巡視や著名人の来島があると、俄然張り切るのが小松署長である。その際には様々な要求が署員に出されるのだった。大脇はその署長の態度を蔑《さげす》むように見るのが癖だった。

「確かに変わってはいても、歴代の小笠原署長はそれなりに有能な人が多かったんだけどな」

「あいつは異常ですよ」

小松から日常的に受けているパワハラの影響でノイローゼ一歩手前まで来ている大脇主任は苦虫を噛み潰したような顔つきで言った。

「幾ら言っても仕方がない。あと一年間は我慢だ」

「よりによって、あいつは私より三ヵ月遅れの着任ですからね。あいつが着任した時に氏名申告で私の顔を見た途端、何とも言い難い不気味な笑いをしたんですよ」

「不気味？」

「はい。とことんイジメてやろう、というような不気味さでした」

「それで、いつ頃から始まったんだ？　あの言い方は」

大脇は大きなため息をついて答えた。

「署長が着任翌日に署内巡視をして刑事部屋に顔を出した時からです。『よくお前で部長刑事が務まるものだな。俺がキッチリ鍛え直してやろう』と言われたのをよく覚えています」

当時のことを思い出すのも嫌そうに、大脇は口元を歪めて答えた。池橋は前任者から何も聞いていなかったことに苛立《いらだ》ちを覚えた。

「前任の岸本《きしもと》係長は私には何も引き継がないまま、転勤して行ったんだよな」

「岸本係長は逃げてばかりでしたから。だから内地に帰っても本部勤務ではなく執行隊だったでしょう」

島部では島以外の土地を内地と表現する傾向にある。これは沖縄や北海道でも同様である。また、執行隊というのは本部と所轄の間に位置する機動隊や機動捜査隊のような部隊のことである。

「それでも岸本係長は刑事経験があったんだろう」

「部長時代に盗犯捜査を少しやっただけですよ。島部勤務を希望したのも本部勤務が目当てで、本当の刑事の仕事を覚えようという気概は全く見られませんでした」

「そうだったのか。道理で仕事が溜まっていると思っていたよ」

「その点、小松の前の桑原《くわはら》署長は署員の力量をよく見ていたと思いますよ。それでいきなり愛宕署長ですからね。島部の署長から一方面の署長は珍しいですよ」

池橋は部下に対する安易な迎合は好まなかった。確かに署長の大脇主任に対する態度は尋常ではなかったが、その原因がわからない限り軽率な言動は控えたかった。それでも人事一課に対して相談をしたのは、自分の部下が不当に評価されることとは自分自身がトップにあるチームそのものが動かなくなることを心配したからだった。

「オヤジの姿勢で組織は大きく変わるからな。特にこんな狭い社会で孤独な闘いは絶対的に不利になる」

「闘いじゃないですよ。言葉の暴力という、単なるイジメじゃないですか」

「できる限りのクッション役になるから、一緒にやって行こうじゃないか」

「そんなことを言っていると係長までやられますよ」

大脇は池橋が何も答えないことがわかると、不機嫌そうに部屋を出ていった。

池橋は大脇のやり掛けのデスクの上を見た。四件の捜査書類を整理し、本部に報告している途中だった。

「大脇長は下手なんだよな。もう少し上手く立ち回ればあんなにやられなかったのに」

大脇と一緒に着任した強行犯担当の須藤主任が言った。

「自ら衝突したのか」

「はい。自爆行為でしたよ」

「詳しく教えてくれないか」

「署長が悪いのは確かなんですが、大脇長は全く引かないんですよ。おまけに署長に捜査経験がないことを知っていて、試すような言い方をするんです」

「試す、というと」

「署長は管理部門が長かったので、少年に関する取扱いの全件送致を主張したんです。しかし、この夏の様に一晩で三、四人を逮捕したり身柄を拘束したりして、しかもマル機が現場も確認せずに身柄を確保して来た少年絡みの事件を少年係ではなく刑事課にやらせようとしたんです」

全件送致主義とは少年の被疑事件について捜査した結果、犯罪の嫌疑があると思われるときは、司法警察員または検察官は、これを家庭裁判所に送致しなければならないと定められている。捜査機関には微罪処分や起訴猶予に相応する裁量がないのだ。

「少年犯罪の場合は全件送致が原則ではあるが、犯罪の嫌疑がない場合、嫌疑が不十分な場合に加えて、警察サイドに適正手続きが行われていないような場合は例外だろう」

「それが残念なことに、今のオヤジはそういう基本的なところをわかっていないんですよ」

少年を逮捕した際には連行時に必ず現場を確認しておく必要があるのだ。さらに少年事件は少年係がある生安課が事件処理をしなければならない。

「少年係長はどうしていたんだ」

「少年係長も少年育成課出身で事件はほとんど扱ったことがなかったんです。この一年、人事の配置も悪くて、交通と刑事には専門家が来るようになったのですが、生安は係員が気の毒になるくらい事件を扱えない幹部が来るんですよ」

池橋は巡査、巡査部長と所轄で刑事経験があり、巡査捜査専科講習では優等賞を取ったほどだった。ただ、池橋も早い時期に警部補に昇任したものの、警部補試験と管区学校の成績は中位で、しかも希望する捜査第一課との強いパイプはなかったため、本部からの一本釣りを期待するのは難しい状況にあった。そして、隊員経験のない機動隊には行く気はなかったところに降ってわいたように来たのが島部勤務だった。

「そうか。確かに少年係長は私にもいろいろ措置要領を聞いてくるからな。少年と成人は事件処理のスピードが違うし、ここで逮捕する犯人のほとんどが内地からの観光客だからな」

少年事件における警察の捜査期間は逮捕から最大二十日間しかない。身柄を家庭裁判所に送らなければならないのだ。検察官に身柄を送致し、検察官が起訴、不起訴の判断をする成人事件の場合とは手続きが全く異なる。

「そうなんですよ。少年の場合、捜査期間は二十日が限度でしょう。すぐに本部の少年事件課に引き継げばいいものを、自分でやってしまっては失敗しているんです」

「それで、大脇長はオヤジに何と言ったんだい」

「『署長は現場の経験がないからそんなことが言える』って」

さすがに池橋も唖然とした。署長がいくら現場を知らないといっても、警部補、警部、警視の間にどれだけ多くの捜査書類を見てきたか。さらには昇任試験対策でも、相応の量の擬律判断をしてきているのだ。大脇がいくら巡査部長とはいえ、そんなことを知らないはずはなかった。

「少年係ではない俺たちだって、少年事件は全件送致が原則なことくらいはわかっています。しかし、それはあくまでも原則であって、捜査に違法性があった場合には逮捕せず釈放することだってあるわけでしょう」

「署長も刑事課ではなく少年係にやらせるべきだったんだろうな」

「小さな所轄なんですから、事件となればいくらでも協力はしますよ。ただ、事件処理は担当係がやらなければならないでしょう」

「どっちもどっち……というところか」

「それでも、警視が巡査部長と同じ土俵に上がって、力でねじ伏せようとしては下の者はきついですよ。署長も大脇長と過去に何があったのかは知りませんが、初めから喧嘩腰でしたからね。署長が変わった人であることは誰の目から見ても否めません。島民の前でも大脇長に関しては平気で怒鳴りますからね」

「そう。実は私もそれで困っているんだ。島民が刑事を信用しなくなっては問題だからね。署長は島民との関係はいいみたいだしね」

「そうなんですよ。この刑事部屋だけですよ、署長が厳しい顔をしているのは。でも池橋係長に対しても悪くはないでしょう」

「ああ。お前に任せる、よろしく頼むといつも言われている」

「そう、そこなんですよ」

「今、当署で署長から信頼されているのは木村交通課長と池橋係長、白バイの宮崎班長くらいのものですからね。うち以外の部署は放置されています」

「警務代理もダメなのか」

「警務代理は次長と関係がよくないですからね」

「こんな狭くて人も二十人そこそこと少ない所属でも上手くいかないものだな」

池橋係長は思わずため息をついていた。

監察係長の榎本は今年に入ってから四半期の三分の一が終わった段階の警視庁における懲戒処分結果報告書の作成を監察官から命じられていた。

「四十七件か。相変わらず減らないな」

処分種別、非行内容別に分類しながら、ため息を漏らしていた。

警察の場合懲戒処分は免職、停職、減給、戒告の四段階であるが、免職以外の処分を受けた者であっても、ほとんどが依願退職という形になって組織を離れていくのが通例である。

榎本の呟きを聞いた泉澤主任が言った。

「相変わらず警部補が多いですね」

警察官が引き起こす事件事故の半数以上が警部補によるものだ。

「中間管理職の悲哀かも知れないが、最近は安心して見ていられる警部、警視も少ないのが実状だな」

「警部ではなく警視に飛んでしまうのですか」

「警部と警視は二段階に分かれているだろう」

「管理職警部とそうでない警部、管理官級と所属長級ですね」

「そう。同じ警部でありながら、本部の係長になることができない者と、同じ警視でありながら本部の管理官になることができない者がある。挫折した警部、警視は諦めがつくが、管理官になると俄然、出世への色気が出てくるんだ」

「そうですねえ」

泉澤が周囲を見回しながら応えた。

警視庁の場合、警部は普通の警部と管理職警部に大別される。普通の警部の場合、所轄の課長代理で人工衛星になってしまう者と、本部の係長を経験して管理職試験に合格して所轄の課長になる者に分かれる。後者は所轄の課長就任から半年後で警視に昇任する。

榎本はこの中間管理職試験に合格して所轄の課長待ちの状態だった。

新任警視と昇任間近の警部の関係が一番わかりやすいのが、機動隊十個隊の副隊長である。副隊長は第一と第二があり、よほどのことがない限り同じ隊の第二副隊長が第一副隊長にエスカレーター昇任する。この時第二副隊長は警部、第一副隊長が警視なのだ。

そして機動隊の第一副隊長もまた、よほどのことがない限り本部の管理官への道が用意されている。

「管理官になっても、次は副署長だろう？　副署長は署長が警視であろうが警視正であろうが管理官級の警視だが、警視正署長の下にいた方が将来的に有望であることは間違いない」

警視庁には百二の警察署があり、そのうち麴町署を初めとする大規模署と言われる十九署の署長が警視正の階級である。

「副署長を二回やったら、それ以上、上に行く可能性はアウトですからね」

「副署長の人工衛星になると悲哀を感じるようだ。警視まで昇ってきた仲間からどんどん追い越されていくんだからな」

「係長がおっしゃる、道を踏み外しがちな警視はどのクラスの警視なんですか」

「副署長で終わってしまう警視だな。副署長で終わるくらいなら、いっそのこと本部の管理官で終わった方がよほどいいんだ」

「そうなんですか」

「警視以上になって退職時に署長以外で辞めるなら、本部の管理官がベストだろうな。天下り先がたくさんあるだろう。年齢的な制約等で署長の目がない管理官は副署長で終わるならば管理官のままの方がいいという人がほとんどだ。署長以外の所轄で警察人生を終えると、辞めた後の会合にお呼びがかからないからな」

「確かに本部の各課で会合を開く場合には、ＯＢは、そこで辞められた方しか案内を出しませんからね」

「そう。署長になれば歴代署長会にお声掛かりがあるが、副署長会はないだろう」

「なるほど。そんなものなんですね。せめて副署長まで、なんていう人はいませんからね」

「その一段が大きいんだ」

榎本は他人事の様に言った。

「でも係長だって、来年は管理職でしょう」

「まあな。ヒトイチにいて落ちた人はいないからな。ただ、今後どこで誰に足を掬われるかわからない。引責っていうのがあるだろう。だから副署長に初めて就いた人は人事管理に血眼になるんだ。何よりも自分の将来がかかっているからな」

「そんな副署長をいっぱい見てきましたよ。自分は所轄で警部補が長かったですからね」

「澤っちは警部補昇任が早かったから、まだ大丈夫だよ。現にヒトイチに来ている」

「警部補試験の成績が悪かったからですよ。警察庁に行けませんでしたから」

「それでも三十代半ばまでに警部試験に受かれば挽回できるさ。この試験だけは必死に勉強しろよ」

泉澤主任が周囲を見回してこっそりと言った。

「私は榎本係長に一生ついて行きますからよろしくお願いします」

榎本は泉澤に厳しい目を向けた。

「今の言葉は聞かなかったことにしておこう。澤っち、いいか。今後、どんなに心を許すことができる上司に対しても、今のフレーズはいかなる席でも御法度だ。人生、一生ついて行くことができる人なんていやしない。たとえ、職場の中だけであってもな」

泉澤は顔色を変えて俯いた。それを見て榎本が続けて言った。

「できる奴は誰かが必ず見てくれている。だからこそ組織がもっているんだ。組織人ならば、人に付く犬より、家に付く猫の方が間違いがない。犬は主と一緒に切られることが多いからな」

泉澤は黙って頷いた。

そこへ制度調査係の田川主査が顔をしかめて榎本のデスク脇にやって来た。

「田川係長、どうしたの」

職名は主査であっても、呼び名は係長というのが通例だった。

「榎本係長、ちょっとご相談がありまして……」

「業務のこと」

「はい、職員相談一一〇番に小笠原署の係長からパワハラの相談が入ったんです」

「小笠原は小松署長だったな」

榎本の記憶力に田川主査は舌を巻いていた。

「誰がパワハラをしているんだい」

「小松署長ご自身なんです」

榎本はフーッと息を吐いて言った。

「監察が入らなければならない程度、ということなんだな」

「一応、一本の柳下《やなした》管理官にはご相談致しました」

一本は第一方面本部の略称である。

「一本？　どうして所轄のパワハラ問題を方面本部に連絡する必要があるんだ」

榎本が田川に身体を向けて訊ねた。

方面本部は原則として職務上の監察を行うセクションではあるが、職員相談一一〇番に寄せられた相談を処理する機関ではなかった。

「柳下管理官は前任署の上司で、今までも何度か相談したことがありましたので」

「職員相談一一〇番に寄せられた相談事をさらに相談した、ということなのか」

「相談者の個人情報に関しては漏らしておりませんし」

言葉を濁す田川に榎本は厳しい口調で言った。

「それは筋が違うな。あなたは人事一課の職員相談一一〇番に相談の電話を掛けてくる職員の気持ちを考えたことはあるのかい。もっと言えば、その件を職員相談一一〇番の担当管理官には相談したのか」

「それは相談者は藁《わら》をも摑む気持ちかも知れません。ただ制度調査は仕事の幅が広く、それに加えて相談件数も多くて、その一つ一つを管理官に相談するわけにはいかないのです」

「それで、僕にどうしろというんだ」

「監察から小松署長に告げていただければありがたいと思いまして」

「どこまで調査したんだ」

「なんでも、パワハラをされている巡査部長は、機動隊時代の小隊長と隊員の関係だったようで、その頃から二人は反りが合わなかったようなんです」

「反りが合わない係員なんていくらでもいるだろう。どうしてパワハラまがいの行動を取らなければならなかったか、という点はどうなんだ」

「現在、当時の人事記録を確認して、当時の関係を知っている職員から聴取したところなのですが、ある事件がきっかけで二人の関係が悪くなったそうなんです」

「事件。機動隊内でのことなのか」

「元旦の山谷対策でマル機と極左系支援者との間で軽い衝突が起こったらしいのですが、その原因を作ったのが現在の巡査部長だったそうです」

「元旦の山谷か。確かに盛り上がるからな。それで、小隊長だった小松さんは何か被害を被ったのか」

「それが汚物をかけられたらしいんです」

「元旦早々からか」

榎本は思わずその光景を想像してみた。一九八〇年を最後に機動隊と極左集団との正面衝突はなくなった。その後、機動隊の治安出動の中で最も嫌われたのが山谷対策だった。

山谷。大阪の釜ヶ崎と並ぶドヤ街である。

浅草の北に位置するこの街は、かつてはフォークシンガー岡林信康が作った「山谷ブルース」でその名を世に広めた。しかし、現在はかつての労働者と警察官の争いは激減し、環境も大きく変わった。それでもなお、山谷には日本中からその日の仕事を得るために多くの労働者が集まってくる。またその中でいたずらに彼らを扇動し、対権力闘争を続ける輩が残っているのだ。

正月は山谷にとっても特別である。第一に仕事がない。仕事がない休日はあぶれ手当も出ない。そのために労働者に対する炊き出しが出るのだが、それを仕切っているグループの一つに極左のリーダーたちの姿がある。前夜から酒を飲んだ労働者を焚き付け、日の出頃には対権力闘争の相手である警察に対して彼らの日頃の不満がぶつけられてくる。

警察といっても機動隊なのだが、彼らは「忍」の一字でひたすら我慢しなければならない。極左のリーダーの挑発に乗ってはならないのだ。

しかし、時折、その術中にはまってしまう若者が出るのだった。極左のリーダーも敵対する若者の中からターゲットを絞っているのだ。

「山谷で騒動を起こすと、公安部に厳しく絞られるらしいですね」

「公安部だけじゃない。元旦の山谷を管轄しているのは浅草署だ。浅草署最大のイベントは三社祭の警戒だが、それに匹敵するのが夏の隅田川花火警備と大晦日から正月三が日にかけての浅草寺警備だ。そこには警備部だけでなく、公安部、組対部組対四課、刑事部捜査三課が年越しで多数投入されている。そこで余計な事件を引き起こされたら、浅草管内全ての捜査態勢に迷惑を掛けてしまうんだ」

「そうだったんですか。だから、小松さんは怒ったんでしょうね」

「気持ちはわからんでもないが、それを今でも根に持っているというのもいかがなものかな」

「小松さんはその事件が原因で、その後当時の中隊長からボロクソにやられたそうです」

警視庁機動隊の組織構成は隊長（警視）、副隊長（警視、警部）、中隊長（警部）、小隊長（警部補）、分隊長（巡査部長）、隊員（巡査長、巡査）となっている。機動隊の平均年齢は三十代前半で、部隊の七割を占める隊員の平均年齢は二十四歳という若さなのである。このため、機動隊の巡査部長以上の幹部は、所轄からは「ひよこの集団」と揶揄《やゆ》される傾向にある。

「誰だ、その時の中隊長は」

「大河原恵三という人です」

「あの元公安部公安一課の大ゴンゾーか。確かに正月から山谷で騒動を起こされたとなれば、奴さんのプライドを傷つけただろうな」

「元公安一課のプライドですか」

「山谷の労働者を煽《あお》る極左のリーダーは公安一課の対象者だからな。そんな連中は無視しておくのが公安部員の鉄則なんだ。機動隊とはいえ、直属の部下が挑発に乗ってしまったことは、部下に対する指導教養の不徹底とみなされてしまうんだよ。大河原さんはそういう点には厳しい人だったからな。小隊長は相当厳しくやられただろうな」

「大河原という人はそんなに有名な人なんですか」

「いろいろな意味で有名だったな。警視総監賞賞詞一級で人間国宝が作った脇差をもらったかと思えば、国会を巻き込んだ重要事件をマスコミにリークしたり」

「途中で辞められたんですよね」

「国会議員秘書に転進して、危うく国会議員になってしまうところだった」

「国会議員にですか」

「そう。たまたま衆議院の比例代表に名前を載せてもらったところ、その一人前までが当選したんだ。次の選挙までに誰か辞職すれば、自動的に国会議員になってしまうところまで行っていたんだ」

榎本が苦々し気な顔をして言ったので、田川もつられて仏頂面になっていた。

「もし、大河原さんが国会議員になっていたら大変だったでしょうね」

「警備部長、公安部長はしょっちゅう議員会館に呼びつけられていたことだろうな」

「どちらも大河原さんにとっては古巣ですけど」

「昔は警備部、公安部ものどかな時代があったんだよ。警備費や報償費の扱いでね。大河原さんはその裏を全て知っているんだ。どこかの県警ＯＢのように暴露本でも出されたら大変なことになっていただろう」

「そうですね」

「ただし、大河原さんは好き嫌いがはっきりした人だったから、おそらく当時の小松署長は機動隊から本部に行けなかったんだろうな」

「そのとおりです。機動隊の小隊長から所轄の地域係に出されています」

「地域か、根に持つだろうな。それだけで最低でも三年は遅れるからな」

「三年……ですか」

「大河原は中隊長から公安部外事二課にストレートで戻って、二課の裏金担当をやっていたはずだ。キャリア課長の下にいた庶務担当管理官と組んでな。そこで公安部でも有名になった大河原さんの大立ち回り事件が起こったんだ」

「有名な話なのですか」

「警視総監も激怒したのだが、大河原さんは屁とも思っていなかった。当時人事一課で奴がのたまった有名な台詞《せりふ》があるんだ『いいかてめえら、俺は今日この場で警察を辞めてやる。てめえらの悪事はみんな知っているんだ。今後、俺に舐めたことしやがると、俺が徹底的にぶっ潰してやるからな。おぼえてろ』人事係の管理官が申し送りでそのテープを持っているはずだ。まるで歌舞伎役者の決め台詞のようだったそうだ」

「一体、その背景には何があったんですか」

「将来を嘱望されていたキャリアの外事二課長が引責辞職したからな。相当な情報だったんだろう。詳細は僕もよく知らない」

「そんな大物はよくも悪くも組織から姿を消しましたよね」

「昔は本当に大ゴンゾーと呼ばれた者が必ず一人は所轄にいたもんだったけどな」

榎本もつい昔を懐かしむように微笑んでいた。

「でも、大ゴンゾーと言われる人は、それなりに仕事ができた人が多かったんでしょう」

「仕事ができたからゴンゾーなんだ。そうでなければ斬り捨て御免だったよ」

「今は斬り捨て御免も簡単にできないご時世ですからね」

「むしろ今だからこそ、分限はきっちりやらなければならないと思っている」

分限とは分限処分の略で、懲戒処分の対象とはならないが勤務実績が良くない者や、心身の故障のためにその職務の遂行に支障があり又はこれに堪えない者など、その職に必要な適格性を欠く場合、公務の効率性を保つことを目的としてその職員の意に反して行われる処分のことである。

「『できない』では済まない時代だ。『やらない』はもっての外。どんどん辞めてもらって結構。なり手はいくらでもいるんだ」

「監察の筆頭係長が言うと、迫力が違いますね」

「田川係長もそのうちどこかの部門の筆頭になるんだ。その時を見据えた仕事を今のうちから始めていた方がいいと思うよ」

榎本がそこまで言うと、田川は姿勢を正して深々と敬礼して話題を戻した。

「それで、小笠原署の件は如何致しましょうか」

「まず、事実関係を職員相談一一〇番の担当管理官に報告しておくことだな。僕は小松さんのことを知らないから、担当管理官に所属長考課表を確認してもらった方がいい。小松さんだって、その前は理事官だったわけだろう。当時の所属長が意見を残しているはずだからね」

「そうですね。ただ、小松署長は会計課の理事官でしたから所属長は一般職なんですよね」

田川主査がため息まじりに言った。榎本もふと田川を見て呟いた。

「そうか、会計課か」

警視庁に一般職の職員が所属長に就くポストは二つしかなかった。総務部会計課と用度課だった。一般職の職員は警察官よりも頭脳的には優れている人が多いが、警察官に遠慮してしまう面も多かった。特に所属長となると直接の部下である警察官の理事官よりも一般職の部下である副参事に相談することの方が多いのだ。悪く言えば所属長の課長が部下の理事官を立てている感覚なのだ。

「副署長と管理官当時の考課表から見ておく必要もあるかも知れないな」

榎本が言うと、田川も納得した様子で榎本のデスクから離れた。

「他県で警務部の管理官が自殺したそうです」

警察庁長官官房に出向している榎本の後輩警部である吉永が電話を入れてきたのは、田川から相談を受けた一週間後の朝だった。

「警務部の管理官と言えば出世頭のはずだろうが、個人的に何か大きなトラブルを抱えていたのか」

榎本の質問は警察組織を熟知している者にとっては当然のことだった。このポジションは、通常ならば社会的にも個人的にも何の問題もない、警察人としては極めて優秀な者が就くポジションだったからだ。

「それが、本部長のパワハラが原因だったようなんです」

「本部長？　キャリアなのか」

「元はうちの公安部長ですよ」

公安部長経験者が就く本部長となれば、大規模県である。ただし、公安部長が県警本部長になるのはよほどのミスを犯した者に限られていた。そこまで聞いて榎本はその本部長の顔がすぐに脳裏に浮かび上がった。

「あの、禿げオヤジか」

「アタリです」

榎本にしては珍しい口調だった。

「あの野郎が公安部長になること自体間違っていたんだが、あの大県警の本部長になるとは思わなかったからな」

「あの県警に不祥事が多いのも、本部長の資質の問題と言われていますからね」

「二期連続で警察庁のゴミ野郎がトップに立ったからな。しかも刑事局と警備局のワーストが立て続けに行ったんじゃあ、現場が投げやりになってしまうのは目に見えていたんだ」

　榎本はキャリアが全て優秀だと思っている多くの者とは違い、キャリアの中にもどうしようもない腐った連中がいることをよく知っていた。

「あの県も可哀想と言えば可哀想なんですよね。おまけに知事と県庁所在地の市長まで出来が悪いときていますからね」

「それは県民、市民が自分で選んだのだから仕方がない。政治を馬鹿にしている日頃のツケが回ってきただけのことだ。まあ、それを知って、そんな土地柄だから、ということで送り出されたようなところもあるだろう。それで、本部長自身がやったパワハラというのはどういうものだったんだ？」

「連日、その管理官を呼びつけて『死ね』と言っていたらしいですよ」

「本部長室だけでか」

「さすがに大部屋では直接言うことはなかったようですが、あのとおり声が大きいもので、控室で決裁待ちをしていた幹部連中の耳にはよく届いていたようです」

「亡くなった管理官は刑事畑の人だったのか」

「そうです。前任の刑事局出身の悪太郎の子飼いだったようです。前任の悪太郎は自分の周辺と主要所属長ポストを全て刑事部で固めたので、その他の部門の幹部は悲惨だったようです」

「遠島か」

「まさにそのとおりです」

人事異動で遠島というのは二つの意味があり、一つは居住地から大きく離れた所轄に飛ばされる場合、他方は本来行くはずもない、へき地の所属長として赴任する場合だった。前者の方は本人に非行があった場合が多いが、後者は人事権者の個人的な好き嫌いによる場合が多かった。特に後者は本部長が変わらない限り復帰の目途は立たず、実質的には単なる左遷というよりも警察人生の終焉《しゅうえん》に他ならなかった。

キャリアの本部長が直接人事に口出しすることは極めて稀である。時折、かつて警察庁で部下についた者を一本釣りすることはあっても、人事異動全てに口を挟むのは言語道断の極みと言われていた。しかし、十数年に何人かはこのような血迷ったキャリアが本部長に就いてしまうのも現実だった。

「禿げ野郎はどうなったんだ」

「今、首席監察官が長官室に呼ばれています。早い時期の更迭となる可能性がありますが、何と言ってもこの秋に着任したばかりですし、後任人事が大変です」

「あの県警本部長はあがりポストになってしまったからな。再就職の面倒を見るのも大変だろう」

「前任の悪太郎は信号関係の団体に行ったんだったな」

「引き取り手がなかったので、民間は難しいという判断だったようです」

警察キャリアが満期まで勤め上げると、だいたい、その後二年から三年周期で三度の天下り先が用意されている。つまり、七十歳までの仕事が確保されているということだ。ノンキャリであっても、所属長経験者ならば、人柄次第で退職後十年はその気になれば仕事が回ってくるようになっている。

「二度目はないということなんだろうな」

「それを本人が自覚しているかどうかですけどね」

「それで自殺した警務部管理官の件だが、県警内部の動きはどうなんだ」

「すでに内部告発が何件か届いています」

「禿げ野郎を名指しで来ているのか」

「そうです。ご遺族にも職場に問題があった旨の通告をしている者がいるようです」

榎本は思わずため息をついた。一番可哀想なのは死んだ本人よりも残された家族なのだ。その家族を思って事実を伝えるのは決して悪いことではないのだが、結果的に残された家族が組織と敵対してしまう関係になるのが辛かったからだった。

「ご遺族に対するフォローはできているんだろう」

「それがなにぶん、刑事部対警備部の構造ができてしまっている関係で、今一つ理解を得ていないのが実情のようです。パワハラというよりも人事に個人的感情が移入してしまったことで、身内を信用できないようになっているんです」

「刑事と警備だけじゃないだろう。他のポジションの人は口を出さないのか」

「誰に対してですか」

「本部長がダメならナンバーツーの警務部長か、大警察なんだから、叩き上げトップの総務部長がいるだろう」

「そこが警視庁の発想だと言われてしまいます。キャリアに平気で文句を言えるのは警視庁くらいのものですよ。特に榎本係長のような存在は道府県では滅多にいないでしょう」

榎本は返す言葉が見当たらなかった。榎本自身、キャリアの存在意義は認めていた。彼らは行政官なのだ。行政官は執行官であるノンキャリが働き易い環境を整えるのが仕事であり、その結果として市民に対して奉仕ができるのだ。すると後輩警部の吉永が興味本位なのか訊ねてきた。

「ところで、例の井上県警本部長は公安部長時代もそうとう刑事部を敵に回したようですね」

「渋谷事件のことだろう」

「何ですかその渋谷事件というのは」

「当時の渋谷署長は捜査一課長上がりのバリバリの捜査マンだったんだ。鹿児島出身で柔道六段。身体は小さかったが警察柔道は無差別だからな。署長は柔道特錬の大将でもあったし、渋谷での仕事でも大変な成果を挙げていたんだ。ある日、公安部長が公式行事として渋谷署の定例巡視をやったんだ。公安部長が来るということで署ではそれ相応の態勢をとっていたんだが、署長が柔道着で出迎えたんだな」

「やりますね」

「署長にとって署課対（署課隊対抗大会）本番前日の昼食後は公安部長よりも特錬が優先だったんだな」

「優勝がかかっていたとか」

「実際に優勝したんだ」

「それはすごいことですね」

吉永が感心した声で言うと榎本も一呼吸置いて頷きながら答えた。

「そうなんだ。署長は大将で全勝賞だった」

「署は盛り上がりますね」

「その前日に公安部長が激怒したんだな」

「柔道着姿にですか」

「そう。署長室にも入らず、『無礼者』と一喝して帰ったらしい」

「渋谷の副署長は公安畑と相場が決まっていますが、副署長は署長に何もアドバイスをしなかったのでしょうか」

「副署長は公安部長の癖を知っているから、一応、進言はしていたらしい」

吉永は受話器の向こうで「ウーン」と唸っていた。榎本もまたその先の言葉が出ずにいた。吉永が訊ねた。

「その後、どうなったのですか」

「翌日、署長が優勝旗を持って総監、副総監以下、各部長を回るのが恒例だろう。

署長も一応公安部長を飛ばすわけには行かないので、別室には連絡を取ったらしい。そして別室までは行ったんだが、公安部長は応対しなかったようだ。それで公総課長に挨拶をして帰ったようなんだ」

「大人げないですね」

「そういう人だったからな。それまで、渋谷管内には重要対象者の拠点があったので、年間表彰の際に公安部門では渋谷署は必ず総監賞だったんだが、この年だけは公安部長賞も取れなかったそうだ。まさに前代未聞の出来事だったということだ」

「キャリアの異動は年次でたった二十人程のものなのですから、警察庁の人事課はもう少し考えた配置をすればよかったんですがね」

「受け入れ側の警察本部の方がいい迷惑なんだが、キャリアの早期退職制度が瓦解した今、玉突き人事の弊害が出てきているんだな」

キャリアの早期退職制度とは、かつては約二十人の同期生の一人が本省の局長になった時点で同期生は一斉にリタイアして民間企業や警察関連法人に天下るのが恒例だった。しかし、天下り制度が世の批判を受けるようになると、早期退職をする者がなくなり、ほぼ定年近くまで勤めるようになったのだ。

「あれもいい制度だったと思うんですが。民間だって優秀な官僚を咽喉《のど》から手がでる程探しているわけですからね」

「天下りという言葉がよくなかったんだが。今でも退職後民間に行く人は優秀な人が多いよ」

「民間企業も押しつけではなく、選ぶことが出来るようになったというところですね。ちなみに例の禿げ本部長はどうなるのでしょう」

「自業自得だろうな。今でもキャリア全員が再就職の斡旋をしてもらえるとは限らないんだからな。その前に遺族から裁判を起こされてしまう可能性が高い。その時、県ではなく国がその責を負うことになるだろう。それまでの監察の動きはうちらにとっても大きな参考になるだろうな」

榎本はパワハラが消えないこの組織に大きな警鐘を鳴らすことになるだろうと、真剣に考えて電話を切った。


その翌日、田川主査が再び榎本の席を訪れた。

「榎本係長、小松署長の件なんですが」

「何か進展があったわけではなさそうだね」

田川主査の顔色を見て榎本が言った。気に留めていなかったわけではなかったのだが、明らかにやつれた感じがありありと窺えたのだった。

「私が相談した一本の柳下管理官が小笠原署の中野次長に直接事実関係の確認をしてしまったらしいのです」

上目遣いで言う田川主査の顔を呆れた目で見て榎本が言った。

「それで？」

「中野次長がそれを小松署長に相談してしまって」

「職員相談一一〇番の信用が一気に失墜してしまうな」

榎本の言葉に田川主査が驚いたような顔つきで言った。

「どういう意味ですか」

「考えてもみろ。被害相談に来た被害者の個人情報を加害者に伝えたのと同じじゃないか。もし、今後、これが万が一にも変なことになったら、職員相談一一〇番だけの問題では済まないぜ。ヒトイチ課長も巻き込む大問題になるということだ」

そこまで言って、榎本は田川にそこまでの考えが及んでいなかったことに愕然としていた。

「どうしたらいいのでしょう」

「担当管理官に速報すべきだな。柳下管理官も監察の対象になることは間違いないからな」

　すると田川主査は顔面蒼白になって大量の冷や汗をかきながら榎本に縋《すが》るような目つきで言った。

「私はどうすればいいのでしょうか」

「だから、直属の管理官に速報しろと言っているだろう。事実関係を至急調査して、二次被害が起きないようにすることだ。小松署長の個人調査は終わったんだろう」

「それが、あまり評判のよくない人で、本部に置いておくのがよくないということで、島に流したらしいのです」

　それを聞いた榎本の顔色が変わった。

「おい田川。お前、今自分が言った意味がわかっているのか」

「はっ？」

「どこの誰から聞いた話かは知らんが、小松署長の人事配置をしたのは、この課の人事担当だ。お前は仲間を非難したばかりか、本部に置いておくことができないから島に流したなどと言ったな」

　田川の額から汗が噴き出した。周囲にいた数人が榎本の態度に驚いた様子で、事の成り行きを見守るように、そっと席を立って榎本を上司からガードした。

「そういうつもりでは」

「島流しの話は、いつ、誰から聞いたんだ」

「柳下管理官です」

「柳下管理官はヒトイチに籍を置いたことはないぞ。それに、お前はこの前、相談者の個人情報は柳下管理官には伝えていないと言ったはずだ。それがどうして中野次長に伝わったんだ。それをお前はどういう経緯で知ったんだ」

「相談者の個人情報は言っていませんが、小松署長のことだと言ってしまいました。そして小松署長が激怒していると柳下管理官が、今、連絡をくれたのです」

「それが個人情報というものなんだ。馬鹿野郎が」

榎本には予想通りのことではあったが、方面本部の管理官クラスであっても人事に勝手な想像を付け加えて喋ることが苦々しかった。

「すぐに職員相談一一〇番で対処しろ。一刻を争う大問題になるぞ」

「監察では何もやってくれないのですか」

「準備はするが、今、監察が動くことは越権行為になる。理事官、もしくは一課長から指示があれば動かざるを得ないというところだ。緊急車両を飛ばしてすぐに行くことができる場所じゃないからな」

警視庁管内にある五つの島部警察署のうち、空港がないのは小笠原警察署のある父島だけである。

羽田から航空機が飛んでいるのは八丈島で、他の三島は調布飛行場から日に数便の小型機が飛んでいる。小笠原には船舶の「おがさわら丸」に乗って丸一日をかけて行くしか方法はなかった。

職員相談一一〇番とはいえ、その内容は被告発者にとって内部告発に他ならなかった。


内部告発とは、組織内部の人間が、所属組織の不正や悪事を、外部の監督機関や報道機関などへ知らせて周知を図る行為である。

一方で組織内の監査部門に対して行われるそれを「内部『通報』」と言葉を分ける場合も多い。

内部告発によって組織内部の不正や非行を糺《ただ》すことができれば、告発者は評価され組織は健全な方向に進むことができる。しかし、内部告発者の身を危険に晒す原因を作り上げる場合もたびたび問題となっている。日本国内において、告発者に対して組織が、制裁や不利益処分としての不当懲戒処分などの報復行為を行うことがあるのも実情である。

小笠原署では朝一番で小松署長が刑事課係長の池橋陽一警部補を署長室に呼び込んで詰問が始まっていた。

「俺の行為はパワハラらしいな」

上目遣いにデスク越しの正面に直立不動でいる池橋係長を、蛙を睨む蛇のような目つきでいたぶっていた。池橋係長は驚きと怒りで頭の中が真っ白になっていた。署長の言葉もあまり耳には入ってこず、その質問には何も答えることができなかった。

「お前、いい度胸しているよな。俺はお前に少しは見どころがあると思って可愛がってやっているつもりだったんだがな。飼い犬に手を噛まれるとは、まさに、このことを言うんだな」

署長の横に立っている中野次長も池橋係長に敵意を見せて庇おうともしなかった。

「刑事課長が何も言わないのに、係長のお前が本部にご注進とはな。お前の独断と偏見で勝手なことをやられちゃ迷惑なんだよ。俺も一晩考えたんだが、お前に刑事課の係長をこのままやらせておくわけにも行かんし……困ったもんだ。母島の駐在にでも飛んでもらうか、三月の異動で内地に戻ってもらうしかないかな。なあ次長」

話を振られた中野次長も憤懣《ふんまん》やるかたない、というような剣幕で池橋係長に向かって言った。

「お前は相談する友達とか上司はいないのか？　人事に泣きつくのがお前のやり方なのか？　何か言えよ。黙っていても話にならんだろうが」

池橋がようやく口を開いた。

「私はどうやったら部下が仕事ができるようになるかを相談しただけです」

「その相談先が人事一課の職員相談一一〇番か。あそこが何の目的で設置されたのか知っていてやったんだろう」

「職務上の各種相談事案の窓口です」

「職務上の各種相談事案なら直属の上司に対して行うのが筋だろう。お前は課長も俺も、署長までも馬鹿にしたんだ。相談する相手にならないってな」

再び池橋係長は言葉を失っていた。

「黙っていちゃ分からんだろう！　答えてみろ。お前の警察人生を懸けて答えろ！」

池橋は中野の剣幕に震えあがった。

「警察人生を懸けるということはどういうことでしょうか」

「内部告発というものはな、命懸けでやるものなんだよ。失敗したら組織人としては一巻の終わりなんだよ」

池橋は悔しくてならなかった。これが組織というものなのか。何のための職員相談一一〇番なのか。まるで自分が馬鹿げた詐欺にまんまと引っ掛かってしまった間抜けな刑事の様に思えてきた。

「おい、池橋。お前が考えているパワハラとはどういうものなんだ」

署長の小松が眼鏡の縁を上げながら薄ら笑いを浮かべる。

「署長はどうしてあのように大脇主任にきつく当たるのでしょう。大脇主任本人は何も語りません」

「大脇主任が何も言わないのに、お前はおせっかいをしただけのことだろう」

「署員だけの問題ではありません。島民や観光で来島されていらっしゃる方の前であのように叱責されると、大脇主任の能力を疑う声が出てしまいます」

「それが余計なお世話だと言うんだ」

小松は顔を大きく歪めた。池橋は思わず下唇を噛み顔に口惜しさをにじませる。

「なんだお前、反省してないな。口惜しがってやがる。お前も大脇と同じだな。いや、それ以下かも知れん」

池橋はこれ以上この場にいることが耐え難かった。

「申し訳ありませんでした。失礼します」

深々と頭を下げ小松に背を向けると、小松の野太い声がした。

「おい、まだ話が終わっていないんだ。こっちを向け」

しかし池橋は「すみません」とだけ言い残して小松の顔も見ずに署長室を後にした。

刑事部屋にも戻れず、署外に出た。

官舎に戻ると息子を幼稚園に送り届けた妻の玲子《れいこ》と玄関前でバッタリと出くわした。夫の姿に異変を感じたのか玲子は心配そうに眉を寄せた。

「どうしたの。何かあったの」

池橋の目には涙が溜まっていたがなんとか堪《こら》える。

「ちょっと一人にしてくれないか……」

か細い声で言うと官舎の中に倒れ込むように入った。官舎といっても２ＤＫである。寝室に入った池橋は途方に暮れたように畳の上にへたり込んでいた。

十分ほどぼうっとしていた池橋は携帯電話を取り出して警視庁本部の代表番号に電話を入れた。交換に官職氏名を名乗って職員相談一一〇番の田川主査に繋ぐよう依頼した。官舎には警察電話も引かれているのだが、池橋は携帯電話でかけていた。

「田川です。池橋係長、何かありましたか」

電話の向こうの田川主査の声が震えていることを池橋は感じ取りながら、自分が冷静になっていることに気付いていた。

「田川さん。あなたは相談者の立場を守るという約束を反故《ほご》にしましたね」

「ど、どういうことでしょうか」

「私は今、署長から厳しく叱責されました。パワハラ問題に関してです」

携帯電話を持つ手は怒りのあまり震えていたが、怒りを声に出さないように努めた。

「あ、それは手違いで」

田川はあっさりと言ってのける。

「手違い……ただの手違いで済ませるつもりですか。私の警察人生を滅茶苦茶にしておいて」

池橋は必死に冷静さを保ちながら言った。

「小松署長に関しては、こちらが責任を持って対処しますから安心して下さい」

田川は池橋の様子を全く分かっていないようだった。

「安心？　責任を持って対処？」

我慢の限界が近づいてきた。

「ふざけたことを言ってもらっては困ります。私は現に、上の者からお前は内部告発に失敗したんだと言われたところなんです。あなたの仕事は様々なハラスメント事案に対する最後の砦《とりで》なのではないのですか！」

「手違いについては深くお詫びいたします」

受話器から田川の冷たい声が聞こえてくる。

「手違いってどういうことです。どんな手違いがあったのか、頭の悪い私でもわかるように説明して下さい」

電話の向こうで田川が頭を巡らせているのか、しばし沈黙が流れた。

「あなたでは話にならないのかも知れませんね。警電の電話帳を見ると、あなたのデスクの番号の上に対策官、カッコ書きで管理官と書いています。そこにかけた方がいいのでしょうか」

「いや、まだ管理官は知らない事案ですから」

「それはどういうことですか。本部では主査が独自で判断するのですか」

「いや、あの、同じような案件がたくさんありましてですね。順次処理しているんです」

「じゃあ、私の事案はいつ頃処理されるのですか」

「すぐにでも着手できる状況です」

「着手していないのに小松署長の耳に入るということは、あなたが署長に知らせた、ということになるじゃないですか！」

池橋は田川の返事を聞くこともせず怒って電話を切った。

隣の部屋から緊張してたたずんでいる妻の玲子の気配が伝わってくる。池橋はやりきれない気持ちで息が詰まった。

玲子は元女性警察官で巡査部長同士の結婚だった。玲子が寿退社しなければ、彼女の方が出世していたかもしれないと周囲は思っているだろう。優秀な女警が結婚を理由に辞めることを皆惜しがった。

池橋は人事一課の田川の上司に直訴しようかとも思ったが、今玲子にこれ以上心配をかけたくなかった。隣の部屋の扉を開けた。玲子は瞼《まぶた》を閉じて立ち尽くしたまま、両手を組んで胸に当てていた。

しばらく二人は何も言わなかった。

「嫌な話を聞かせて悪かったね。ちょっと失敗してしまったものだから、落ち込みかけていた」

玲子が顔をこちらに向ける。無理をして微笑むと、玲子も表情を和らげてくれた。

「仕事の途中なんでしょう。大丈夫なの？」

「大丈夫、とは言い難い状況なんだ。正直言うとな」

「大脇さんのこと？」

玲子の言葉に驚いた。

「どうしてそう思う」

慌てて聞き返す。

「だって、あなたが仕事で失敗するとは考えられないもの。大脇さんがまた署長さんに叱られたのかなと思っただけ」

「いや、大脇じゃなくて、僕が叱られたんだ」

玲子が怪訝な顔つきになる。

「大変なことなの？」

「ちょっとな。もしかしたら内地に帰らなければならないかも知れない」

「あなたが大きなミスをしたの？」

「ああ、母島の駐在になるかも知れないんだが」

「あなたが駐在さんに？　それはルール上難しいと思うわ」

「どういう意味」

「だって、駐在さんになるには講習とか研修を受ける必要があるでしょう。それは妻である私も同じ。同期の子に聞いたことがあるわ」

女性警察官の初任教養では大卒と高卒が一クラスに交じっているため、年齢差も大きかった。このため、大卒の玲子は池橋に同期生の話をする際に、高卒の同期生を「同期の子」と呼んでいた。

「でも君は元女性警察官だから、一般人とは違うからね」

池橋も首を傾げながら言った。池橋の同期生の中には駐在になった者はおらず、巡査から警部補までの三度の所轄経験の中でも、駐在所が管内にない所属ばかりを歩いてきたのだった。

「同期の子で二人駐在夫人がいるのよ。二人ともご主人に相談されて同意したらしいんだけど、素人教育のような研修を受けたって言ってたわ。遺失物の扱い方や、地理案内のやり方なんてね」

「そうか。夫人の同意が必要となると、おいそれと母島に行かされることはないわけか」

そこまで聞いて、池橋は無性に腹が立ってきた。自分の顔を見たくないという理由だけで家族の意向も聞かずに飛ばそうと考えた署長の姿勢を疎《うと》ましく思ったからだった。

「署長と何かあったの」

「ヒトイチに大脇への対処の仕方を相談したんだが」

「大脇さんへの対処って」

「あいつ、いつも署長にこっ酷《びど》くやられているだろう。可哀想になってくるんだよ。確かにあいつだって悪いところはあるけど、巡査部長としては仕事も、人間関係もよくできる方なんだ」

「うちに遊びに来ても、いい人だものね。どうして今の署長さんに嫌われるのか私もよくわからない。島では有名だものね。警察署内のイジメ問題」

「島民の間ではイジメ問題になっているのか」

「学校や幼稚園のお母さん方の間でも有名よ。部長さんが署長にイジメられているって」

「笑い話じゃ済まないな」

「私だって、警察官の妻としていい気持ちはしないわよ。ところで、ヒトイチって、誰か知り合いがいたの」

「いや、職員相談一一〇番だ」

「そこって、普通の職員相談とは違うわよね。それが署長の耳に入ったの」

「そうなんだ」

「やっぱり警察って組織優先だから、相談者の気持ちなんて考えないのよね。そうやって辞めて行った人を何人か見たことがあるわ」

「イジメか」

「警察って多いじゃない。人前でも平気で怒鳴る上司を何度も見てきたし、そんな常識がない幹部が署長になったりしていたもの」

池橋はうんざりした顔つきになった。あと一年間、大脇が受けていたような仕打ちを、今度は自分が受けなければならないかと思うと背筋が寒くなったからだった。

「さて、どうするかな」

「職場に帰らなくていいの」

「帰るよ。百メートルと離れていないんだからね。警務の誰かに呼びつけられることを考えたら、自分の意思で戻った方がいいことはわかっている。ただ、どんな顔をして戻るかな」

「普通にしてればいいんじゃない。あなたがいなければ困るのは署長や課長さんなんだもの」

「次長はカレイ・ヒラメ症候群だし。課長も庇ってくれるような人じゃないから、孤軍奮闘するしかないな」

「今度の週末、心の底からリフレッシュしようよ」

玲子に笑顔で励まされ、生気が再び湧いてくるような気がした。

池橋が職場に戻るのを、彼の椅子に腰かけて待ちかまえていたのは刑事課長の高《たか》村《むら》である。高村は直属の上司だった。

「勤務中どこに行っていたんだ。それにしても大変なことをしてくれたじゃないか。私に一言相談してくれてもよかったんじゃないのか」

高村は苛立たしげに貧乏ゆすりをしている。高村は来春には管理職課長となって内地に帰ることになっていた。

「先日の傷害事件の現場を確認しに行っていました」

池橋はあえて「職員相談一一〇番」のことは口に出さなかったが、高村は首を大きく横に振った。

「違うよ、内部告発をするのなら警察人生を懸けてやるくらいの根性が必要なんだぞ」

「私は内部告発をしたつもりはありません。相談をしただけです」

「直属の上司である私をすっ飛ばしてか」

高村は不機嫌そうに池橋を睨んだ。

「それならば課長はどうして署長の大脇主任に対する物言いや態度について、これまで何もおっしゃらなかったのですか。大脇主任に対してもフォローひとつなさらない」

池橋は毅然として言った。

「なに。私も署長と同罪とでもいうのか」

「そんなことは言っていません。課員が日常的に厳しくいわれのない叱責を受けていたのに、部下の心情を問うていない事実を言っただけです」

「署長と大脇はウマが合わないのだから仕方ないだろう。俺は実情は知らないが、警視と巡査部長とはいえ、過去に個人的な問題か何かを抱えているんだろうから、我々が口を挟む問題じゃないんだ」

「仕事上の問題ならまだしも、個人的な問題を職場で憂さ晴らしする方がもっと問題なのではないのですか」

「それは署長の判断だ。私がどうこう言える話じゃない」

池橋は高村課長の顔をまじまじと眺めて頷いた。

「課長は私にどうしろとおっしゃるのですか」

「私がどうしろとは言えない。君が自分で考えることだ」

「ですから、自分で考えて行動したまでです。責任は自分自身で負います」

「どう責任を取るんだ」

「ちゃんと仕事をするだけです。他に何か手立てがあるのならばご指示下さい」

高村課長はあんぐりと口を開けて何も言わなかった。

「すいません。そこは私のデスクです。仕事をさせて下さい」

「何？」と言いかけた高村課長だったが、課員の視線を感じたのか、大きな咳払いをして自席に戻った。

そこへ大脇主任が申し訳なさそうな顔をして池橋の横に寄ってきて小声で言った。

「係長にまでご迷惑をお掛けして申し訳ありません」

「まあ、いいってことだ。大脇長だけがやられるよりも、ターゲットが分散すれば少しは楽になるだろう。署長も大変だろうけどな」

池橋の笑顔に安心したのか、大脇は池橋に対して節度を付けた室内の敬礼をして刑事部屋を出て行った。

池橋による内部告発問題はその日のうちに署員全員だけでなく、島の安全協議会や防犯協会の幹部にも知れ渡っていた。

その夜、官舎に戻ると玄関口で漁協の専務理事が池橋を待っていた。

「池ちゃん、あんた大丈夫なんか」

「さすがに情報が早いですね。この分だと明日には母島まで伝わっているかも知れませんね」

池橋は笑ってみせた。

「笑っている場合じゃないよ。あの署長は執念深そうだからね。大脇ちゃんの様にガンガンやられるんじゃないかと思って、みんな心配しているんだよ」

「明日からの朝稽古に署長は出てこないかも知れませんけどね」

池橋は柔道四段で小笠原署の少年柔道の指導者でもあった。署長も柔道の朝稽古に出てきてはいたが、自分より強い池橋とは稽古をすることはなかった。

「それならいいけど、無理をしないようにな。馬耳東風、暖簾《のれん》に腕押しでやってりゃいいよ」

専務理事を玲子と一緒に見送ると、池橋は思わず肩をすくめた。

「世の中狭いわね。とくにこんな島は」

玲子がしんみりと言った。

「そりゃそうだろう。署長が怒鳴っていた時には、すでに安協の理事長が警務席にいたからね。詳細は次長が報告したことだろうな」

「安協の理事長さんが署に行くのは日課のようなものだって言っていたものね。それにしても、署長のお仲間だっているわけでしょう。外飲みはしにくくなったんじゃない」

「同僚と飲む機会は減るだろうけど、少年柔道のお父さんやお母さん方とは変わらない付き合いはできるさ。玲子のお仲間に迷惑が掛かることはないと思うけど、何かあったら巧く立ち回ってくれよな」

「その点は心配ご無用よ。なんなら友達誘って飲みにでも行ってみる」

「そうだな、行くか」

玲子は最初からそのつもりだったらしく、連れ立って行きつけの小料理屋の「おかよちゃん」に足を向けた。

店に入ると交通課の白バイ担当の宮崎班長がカウンター席で飲んでいた。宮崎班長は独身の柔道三段、彼もまた来春には内地に帰る組だった。

「あ、池橋係長。今日は大変だったっすね」

「まあ仕方ないさ。気を遣わなくていいからね」

玲子もペコリと笑顔で宮崎班長に頭を下げた。店の女将のおかよちゃんがテーブル席に案内しながら池橋に耳打ちした。

「署長は筋向いの兼八さんで安協と飲んでいるからね。その後はブルームーンに流れると思うよ」

「安協のパターンですね。今日は二次会には行かず、ここで腰を据えて飲みますから」

父島には若者向けの飲食店が多い中で、美味しい食べ物を出す小料理屋も数軒あった。

池橋夫婦はビールで乾杯して他愛のない会話をしていた。

二人がおかよちゃんに入ったという話もすぐに広まった様子で、池橋夫婦の姿を見つけるなり、玲子の友人真理が近づいてきた。

「池ちゃん、大丈夫？」

真理がざっくばらんに言う。

「ご心配お掛けして申し訳ありません」

「あの署長は瞬間湯沸かし器っていう評判だけど、旦那さんもあまり気にしない方がいいよ」

一見無遠慮なようだが、皆心から池橋を心配してくれているのだった。真理は玲子がこの島で初めて友達になった女性で、親切にダイビングを教えてくれた。小笠原村役場で働く彼女の夫は自然学者の顔も持っている。

「でも何で急にあんなことになったの。そりゃ部下の大脇ちゃんを守りたい気持ちはわかるけどさ」

騒動の初日にもかかわらず、一般島民まで署内のトラブルを知り尽くしているところが、この島の特色だった。それは、役所の中で警察は住民との接点が一番多いにもかかわらず、全ての警察職員が島の出身ではないという特殊な環境によるものだった。

「署内だけで済むならそんなに気にはしなかったんだけどね。ご存知のとおり、大脇は島民の多くの方から仕事ができない木偶《でく》の坊《ぼう》のように思われてしまっている。それが辛いんだよね」

「でも事件があると大脇ちゃんはてきぱきとこなすし、木偶の坊とは思っていないけどな」

「少年柔道の子供たちが言うんだよ。大脇はまだ独身だからいいようなものの、今度はうちの子供が幼稚園でイジメられるんじゃないかと思ってしまうよ」

「そういえば、ケンちゃんはどうしているの」

阿久津由美子《あくつゆみこ》が尋ねる。いつの間にかもう一組の夫婦が座に加わっている。由美子もまたダイビングに憧れて小笠原に通ううちに、ここで現在の伴侶阿久津行夫《ゆきお》と出会ったのだ。

「お隣の高橋さんのお宅に預けているの。子供がたまたま同じ歳で、高橋家が飲みの時にはうちで預かるようにしているの」

「交通の係長さんね。いいご夫婦だよね。あちらは来春までよね」

「そうね、一年半という周期は短いわよね。島の方々は慣れていらっしゃるでしょうけど、私たちにとっては思い出作りのようで島民の方に申し訳ない思いがするわ」

「玲子さんは元女性警察官だったんだよね。ご主人の感覚に合わせるのではなくて、警察官の感覚で島を見てくれているんだなあって、時々感じているのよ」

池橋が思わず玲子の顔を見た。玲子は警察官を五年務めた後に辞めて三年目だった。

「こいつが警察に残っていたら、間違いなく僕の上司になっていたでしょうね」

池橋が言うと阿久津が不思議そうな顔をして訊ねた。

「玲子さんは警察で何の仕事をしていたの」

「警察ではたいした経験を積んではいなかったけど、警部補試験に受かった時に辞めたの。その時は怒られたな」

「そりゃそうだよ。彼女が受かったことで試験に落ちた人がいたわけでしょ」

「いや、警察の昇任試験は合格人数が決まっているわけじゃないから、そういう心配はしていないけど。組織を見限った、と思われているみたいで、同期生からの飲み会のお呼びが全くかからなくなったわ」

「警察って、案外そういう世界なのかも知れないわね。外部の者とは、たとえ元同僚だったとしても、いったん離れてしまえば一線を画すって感じかな」

「それだけ多くの秘密と個人情報を得てしまうからかな。おまけに内部にいた者は逆にそのありがたさと使い道を知っているでしょう」

「使い道ね……」

由美子が納得したような顔つきになって何度も頷いた。

「大脇ちゃんも線が細いからなあ」

池橋は意外に思って思わず阿久津の顔を見た。

「あいつが線が細い？」

「えっ、池ちゃん知らないの」

「知らないって何をですか」

「大脇ちゃん、昔ここで失踪事件をやらかしたんだよ」

初耳だった。

「何も聞いていませんでした。皆さん知っていらっしゃることなんですか」

思わず身を乗り出した池橋を、阿久津は穏やかに両手で制した。

「いやいや、みんなというわけではないけれど。少なからず噂は広がったと思うよ。なにせ狭い土地柄だし、若い連中が助けたからね」

「詳細を教えて下さいませんか」

「そうか……池ちゃんは何も知らされていなかったのか。前の刑事課の係長はいい加減な奴だったからね。いまだに島バナナとパッションフルーツは要求してくるけど」

「送ってくれってことですか」

「そう、ふた月に一回ね。公私混同なんだけど、奴さんは在任中にこちらを相当面倒見たつもりでいるんだから困ったものだ」

「情けない話です。もう来ることはないんですから、放っておいた方がいいですよ」

「なんなら俺が外部告発してやろうか」

そこまで言った阿久津は思わず「しまった」という顔をしたが、池橋は笑って聞き流した。

「それよりも大脇の失踪事件の原因はなんだったのですか」

池橋が真面目な顔つきに戻って訊ねた。すると阿久津は右手の小指を立てて言った。

「これだよ、これ。コペペ海岸に入る手前の角にグリーンペペという店があるでしょう。そこに夏季限定で来ていた子に惚れちゃったんだよ」

グリーンペペというのはこの島に自生する夜になると発光するキノコの名前だった。

「あまりうまくいかなかったんですね。失恋しちゃった？」

阿久津は首を横にふる。

「それだけで済めばよかったんだけど。かなり質の悪い女だったんだよ。後から聞いた話では、大脇ちゃんだけじゃなくて、ダイビング仲間も何人か引っ掛かっていたらしいんだけど、内地に帰った後で『子供ができたから何とかしろ』と要求してきたらしいんだ」

「それは酷いな」

「大脇ちゃんはそれで相当悩んだらしくて、おがさわら丸に乗っちゃったんだよ」

「おがさわら丸に乗っちゃったって、内地に逃げ帰ったんですか？」

思わず池橋は声を出した。横で聞いていた玲子も思わず口に手を当てていた。

「おがさわら丸は港に停泊するから、その間はよかったんだけど、署員とダイビング仲間は大騒ぎになってね。失踪して二日目におがさわら丸が出港したんだけど、船が動きだして三分くらい経った頃かな、船のデッキから海に飛び込んだんだよ」

「見送りの船がたくさんいる中でですか」

「その近くにはハンマーヘッドと呼ばれるシュモクザメや、サンドタイガーシャークもいるからね。時期が外れていたからよかったものの、下手すりゃ遺体が上がらない状況になるところだったんだ。結局、助け揚げた若者からさんざん殴られて、事は収まったんだけど、その後で居酒屋のマアちゃんで懇々と説教されて、動機を話したところ、お仲間がたくさんいて、笑い話になったんだけどね」

「一歩間違えば、大変なことになっていたのですね」

「前の署長も腫《は》れた顔を見て事実関係を知ったようなんだが、あの署長はよかったからね。翌日、高いウイスキーを木箱で差し入れてくれたよ。何でも署長会議で内地に帰る度に自分の小遣いで買ってくるのが楽しみだった酒らしいんだけどね」

「皆さんに救われて、しかも署長からも不問に付してもらっていたわけか……」

「だから、大脇ちゃんには、ちょっと怖いところがあるんだよ。時々、プイッといなくなることがあるんじゃやない？」

「確かにそうです」

「そういう時は気を付けた方がいいよ」

池橋は玲子も納得したかのようにゆっくりと頷くのを見て、改めて部下の身上把握の難しさを思い知っていた。

おかよちゃんでは〆に島寿司を食べるのが恒例だった。この店の島寿司は父島の二見港内で簡単に釣れるヒラマサを煮切った酒と醬油で作ったタレに漬け込んで、ワサビの代わりに和辛子を入れて握ったものだった。

「係長さんも結構大変ね」

「そうだな。大脇も悪い奴じゃないんだけど、よくよく考えてみれば課内でも浮きぎみなところがあるからなあ」

帰り道で玲子と話しながらふと空を見ると、空いっぱいに星が瞬《またた》いていた。

「せっかく、こんな楽園に来たんだ。いいところだけ目に焼き付けておこう」

いつの間にか池橋と玲子は手をつないでいた。

翌朝から署長の池橋攻撃が本格的に始まった。

「おい、池橋」

朝稽古を終えて執務室に入った瞬間から署長の雄叫びが署内に響いた。

「おはようございます」

「何がおはようございますだ。朝稽古は勤務外の鍛錬だ。勤務に支障がでるようなら止めてしまえ」

「まだ、官庁執務時間に入っておりませんが、何か火急の用件でもございますか」

「昨夜の暴行事件の報告がないじゃないか」

「まだ宿直報告が来ておりません」

「お前がいつまでも柔道をやっているからだろう？　担当者のお前が決裁しないから業務が滞っているんだ」

「そうですか。それは失礼しました」

池橋が平静を保ちながら答えると小松は余計ムキになった。

「お前に刑事課の係長は無理だ。配置換えをするからな」

池橋は答える気力もなかった。無言で頭を下げると刑事部屋のデスクに行った。刑事部屋の係員が申し訳なさそうな顔で池橋を見ている。

「みんなにも迷惑かけるな。当分続きそうだから、みんなは慣れるか、朝から外の仕事を作るかしてくれよ」

「係長は署長に詫びたんですか」

須藤主任が池橋に訊ねた。

「何を詫びるの」

「内部告発の件です」

「内部告発なんてしていない。悪いことをしたつもりもない」

それを聞いた高村刑事課長が「おい」と大きな声で言った。

「係長。刑事課の仕事を続けるつもりがあるのなら、誠心誠意署長に詫びることだ。そうしてもらわないと皆仕事がやり辛くなる」

「地域に出していただいても結構です。地域課も迷惑でしょうけど」

「地域課にいれば、表に出ていられるから、署長と顔を合わせなくても済むかもわからないな。地域課長と協議してみるか」

池橋は何も言わなかった。

池橋のポケットの中ではデジタル録音機が動いていた。このように録音したものは刑事訴訟法上の証拠にはならないが。

そこへ休みのはずの大脇がひょっこり顔を出した。

「おう、どうした」

池橋の言葉に大脇が気まずそうな顔つきを向ける。

「朝から署長に怒鳴られていましたね」

大脇は小さく頭を下げた。

「仕方ない。自分自身が蒔《ま》いた種だからな」

「俺の責任ですよね」

「別に大脇長に頼まれてやったわけではないし、私自身が面白くなかったからだよ。気にすることはない。まさか、それが心配になって出てきたのか」

池橋が言うと、大脇はこっくりと一度頷いた。

「当分の間、仲間ができたと思っていてくれ。向こうがどんな手を使おうが、私を辞めさせることはできないんだからね」

「でも、本来守る立場の課長まで係長を責めているじゃないですか」

「課長は来春の帰庁のことを考えているのさ。仕方ないよ」

「島なんか希望しなければよかった」

「どこの所轄にいても一緒さ。ただ、島は生活の場でもあるから逃げ場がないというハンディキャップはあるけどな」

「そうですよね。俺なんか署の敷地内の単身待機寮ですから、二十四時間監視されているようなものですよ」

　大脇がため息をつきながら言った姿を見て、池橋は大脇の異変に気付いた。自分自身には家庭という逃げ場がある。しかし、大脇にはそれがないのだ。寮員同士のコミュニケーションを大脇が上手く取れているとは思えなかった。

「大脇長、休みの日は外に出た方がいいぞ。こんなところにいたら、かえって気がめいるだろう。署長にでも見つかったら、勤務と休みの区別もつけずに怒鳴られるだけだからな」

　そこへ運悪く署長が刑事部屋に顔を出した。

「お前たちは何をコソコソ相談しているんだ。大脇、お前、今日は週休日じゃないか。そんなに仕事が好きなら休みを取らなくてもいいんだぞ」

　署長の言葉には冗談とは聞き取ることができない棘《とげ》があった。大脇も憮然とした顔つきのまま署長の顔を見ようともしなかった。すると署長は池橋に向かって言った。

「おい、池橋。お前は大脇を唆《そそのか》して、何か悪さを企んでいるのか」

　……そうきたか。池橋もまた挑発に乗ることを避けるため、あえて言葉を出すことを控えた。

「何だ、お前たち、揃いも揃って俺を無視するつもりか？」

するとと大脇がこれに乗ってしまった。

「署長に対して悪さなんて考えるわけがないじゃないですか。私は忘れ物があったので取りにきただけですよ」

「ほう。お前のデスクはここじゃないだろう。何をしていたんだ？」

「単なる挨拶です」

「課長には挨拶をしたのか」

「今、刑事部屋に入ったばかりです。忘れ物がみっともなかったのでこっそり入ったところです」

この時、署長の口元が妙に歪んだのを池橋は見逃さなかった。すると署長は薄ら笑いをしながら大脇に言った。

「大脇、お前はいつもそうやってコソコソするから目を付けられるんだ。身内からならまだしも、一般人や敵対勢力からもな」

「昔の話はもういいじゃないですか」

「お前が進歩していないからだ。何年経ってもな。コソコソ生きているからかえって目立つんだ。そしてろくなことをしでかさない。島民にまで迷惑を掛ける結果になるだろう。違うか」

大脇の顔から血の気が引いた。おそらく署長は島民から例の件を聞いているのに違いなかった。大脇は俯いた。

「おい、大脇。お前は島民からも見放されているんだよ。お前を守ってやれるのは署員しかいないんだ。それをなんだ。ゴキブリのようにコソコソしやがって」

大脇は「失礼します」と言い残してその場から駆け出すように刑事部屋を出て行った。刑事課長は何も言わずに課長席で立ち尽くしていた。

「なんだ、池橋。何か文句があるのか」

「文句はありませんが、大脇長が島民から見放されているとおっしゃった部分は、少し違うと思います。大脇長の仕事ぶりを評価して下さっている島民の方がいらっしゃるのは確かです」

「おい、池橋。来てまだ半年で知った風なことを抜かしてるんじゃない。お前はまだ物事の本質が見えていないんだ。俺はな、大脇の警察官としての適格性をずっと前から疑問に思っているんだ。俺にしかできないと思って信念を持ってやっているんだよ。お前も大脇と同類か？　あと一年、じっくり観察してやろうじゃないか」

「よろしくお願い致します。いい面をお見せできるよう精進したいと思います」

署長は目を細めて「ふん、どうかな」と言い残して、課長に声を掛けることもなく刑事部屋を出て行った。


翌朝、大脇が出勤して来ないことで署内は騒然となっていた。

「待機寮にも昨夜から帰っていないようなんです」

「門限破りか」

中野次長が嫌な顔をしながら言った。

「どこかで飲み潰れているかも知れない。心当たりに連絡してみよう」

しかし大脇の行方は知れなかった。

「携帯電話の位置確認はできないのか」

「携帯は刑事部屋のデスクの引き出しに入っていました」

そこへ署長が出勤してきた。

「何だ。何があったんだ」

中野次長が説明すると、署長は一言「池橋を呼べ」とだけ言って署長室に入った。

池橋が署長室に入ると署長が言った。

「昨夜は大脇と一緒じゃなかったのか」

「いえ、大脇長が刑事部屋を出て以来連絡を取っていません」

「管理不行届きなんじゃないのか」

「昨日、彼は公休でした。待機寮巡視は当直係長の仕事で、昨日は私の担当日ではありません」

「いつまでも甘やかしているからこんなことになるんだ。島全体を回って探してこい。お前の仕事だ」

池橋はふんぞり返って署長室のデスクに座っている署長に、室内の敬礼をして署長室を出た。

署の裏庭に停めてある私用の百二十五ＣＣのバイクに跨《また》がると、池橋はエンジンを吹かして署の通用口から外に出た。

行先はわからなかったが、何ヵ所か思い当たる場所があった。

「変なことになっていなければいいが」

池橋はふと不吉な予感を感じたが、首を振ると山道に入っていった。

この時期、島には観光客はほとんどいない。

レーサーにでもなった気分でハングオンの体勢で山道のカーブを切った。山道で気を付けなくてはならないのが山羊との衝突事故だった。父島には人口の倍以上の山羊が生息している。かつては家畜として連れてこられたものだったようだが、今、山羊を飼っている農家を池橋は知らなかった。

「山羊の目は不気味ね」

初めて島に来た翌日、野生のヤギを間近で見た玲子が言った言葉を思い出した。

二時間をかけて島を回ったが大脇の姿はどこにもなかった。

「奴のバイクもなかったし、バイクで行くことができる場所も限られているんだが」

池橋はダイビングスクールに立ち寄って船から海岸線を探してみようと思った。

「武ちゃん、悪いけど、島をひと回りして貰えないかな。燃料費は出すから」

武内賢三はダイビングスクールの代表で、三隻のクルーザーを所有していた。

「池ちゃんどうしたの、背広でバイクなんか乗って」

「うちの大脇がいないんだよ。どこかの海岸でぶっ倒れているんじゃないかと思ってね」

「大脇ちゃんはバイクで動いているんじゃないの」

「一応、思いつくところをひと回りしたんだけど、なにせ崖の下まで探しに行くのは難しいからね。それにバイクも発見していないんだ」

「バイクで行くことができる海岸は限られているからね。ただ大脇ちゃんはモトクロスライダーだから池ちゃんが行くことができないところまで、平気でバイクをぶっ飛ばすからな。よっしゃ、それなら小型で回るか。漁協には聞いたんだろう？」

「ああ。船で島を出た形跡はないようだ」

小型のクルーザーに飛び乗ると軽快なエンジン音を響かせて船は速力を上げた。

「時計回りで行くかな」

クルーザーは二見港を出ると右舷に方向を変えた。海上自衛隊の基地が右手に見えなくなると、切り立った絶壁が姿を現す。父島と言っても実際に人が住んでいるのは島の北部の二見港を囲んだ一帯に九割が集中している。特に島の南部には道と言える道がなく、第二次世界大戦の要塞としての任務を終えた後は手つかずの自然が残されている。

大根崎を越えると間もなく絶壁の上にウェザーステーション展望台が見えてきた。この島の日没見物ポイントである。さらに北上すると島の北端に到達する。再び右舷に舵をきると兄島が見えてくる。右手に宮之浜園地を眺めてさらに東に進むと、ダイビングポイントの一つである父島と兄島の海峡部分である兄島瀬戸を通過する。澄み切った海が実に美しい。間もなく初寝浦が見えてくる。父島の砂浜の特徴は砂の色が場所によって異なることだ。初寝浦のそれはウグイス砂といわれて緑色をしている。

池橋が気付いた。

「武ちゃん、あれ」

池橋が指差したのは初寝浦の海から向かって左端で、そこにバイクらしきものがあった。

「大脇ちゃんのバイクっぽいな。しかし、この海岸への遊歩道を下りたとしても、上ることは不可能なんじゃないかな」

武内は速力を落として船首を初寝浦海岸に向けた。

「あっ、あそこに人が倒れている！」

池橋が見つけた。

「大脇ちゃんっぽいな……」

と目を細めながら武内が言う。

初寝浦は遠浅の海岸ではない。武内はクルーザーの先端が砂に着く位置まで寄せてエンジンを止めた。池橋がクルーザーの先端から海に飛び降りた。海水はひざ上に届くほどの深さだった。海岸の中ほどに仰向けに倒れていたのは大脇だった。眠っている。

「大脇、起きろ」

体をいくらゆすっても大脇は目を覚まさなかった。

すぐに武内がやって来た。

「大脇ちゃん……」

池橋の横に立って大脇を見下ろした。

「寝てるのか」

「薬を飲んだのかも知れない。目を覚まさない」

池橋が携帯電話を取り出して本署に電話を入れた。

「次長をお願いします」

中野や高村らが医者を連れ、初寝浦に海上自衛隊が保有する高速艇で着いたのは一報から三十分後だった。

「なんということだ」

中野が呟いた。

「自殺未遂なのか」

高村も大脇の顔を見ながら言った。鑑識の田中班長、白バイの宮崎班長が何も言葉を発することなく立ち尽くしていた。

診療所の船田《ふなだ》医師が言った。

「とにかく診療所に運びましょう」

田中班長は大脇を負ぶって船に乗り込んだ。百二十五CCのモトクロスタイプのバイクも四人掛かりで運んだ。

診療所で胃洗浄を行い、静脈注射と点滴で様子をみる。

そこにようやく署長が制服姿でやってきた。

「自殺未遂というのは本当か」

最初の言葉がこれだった。居合わせた署員全員の冷たい視線が署長に向けられたが、署長はこれに気付く様子はなかった。

「睡眠薬の大量摂取による自殺未遂と思われます」

刑事課長が言うと署長は課長の顔を見ることもなく命令口調で言った。

「次長と課長は二人で寮をガサって遺書等の書き残しがないか早急に確認してくるんだ。もし何かあったらそのまま俺のところに持ってこい」

「正規の押収手続きはしなくてよろしいのですか」

「自殺未遂なのかどうかまだわからんじゃないか。特殊な法律関係の元に処理する」

「処理……ですか」

思わず高村が訊ねると署長の小松は、

「処置も処理も同じだ」

とだけ言って、診療室を去った。

中野が口元を引き締めて池橋の顔を見る。決して責める様子はなく、池橋の肩をポンと叩いて言った。

「生きててよかったじゃないか」

中野は眠っている大脇の額に手をあてると高村を伴って診療所を後にした。

「大脇長、本当に死ぬ気だったんでしょうね」

白バイ担当の宮崎班長がぼそっと呟いた。

小笠原警察署長から監察係に電話が入ったのは、その日の午後四時を回った時だった。

電話を受けたのは榎本だった。

「小笠原警察署長の小松です。職員の自殺未遂事案がありましたので報告致します」

「自殺未遂事案と申しますと、公私のどちらに問題があったのでしょうか」

「現在調査中です」

小松は事務的に言ったが、榎本の脳裏にはすぐに二人の名前が浮かび上がった。

「勤務時間帯における事案ですか」

「いや、週休です。管内のとある海岸で大量の睡眠薬を摂取した自殺未遂でした」

「自殺未遂と断定されるような遺書などは発見されましたか」

「未だ発見に至っておりません」

「一般職員ではなく警察官ですね」

「そうです」

「氏名、階級を教えていただけますか」

「大脇雅彦、巡査部長です」

「ご家族への連絡はされましたか」

「今、次長が」

「……署長がなさるべきではありませんか？」

榎本の言葉に小松署長が敏感に反応した。

「君は係長だろう。所属長に進言するのなら言葉を選びたまえ」

これまでの穏やかな口調も形式上の敬語もなかった。

「ご家族の心情を考えたうえでのことですし、所属長には職員のこのような行為に際する家族への連絡に関する通達を出しているはずです」

「そうだったかな。それなら改めて私からご報告することにしておこう。とりあえず、君の官職氏名を改めて名乗ってもらおうか」

「警務部人事一課監察係長、警視庁警部、榎本博史と申します」

「榎本監察係長だな。覚えておこう」

これに対して榎本は極めて事務的に答えた。

「ところで小松署長、ご家族の意思の確認をお願い致します。自殺未遂とはいえ、勤務地管内での事案ですので、容態や入院先等を確認されたい意向があるやも知れません」

「おがさわら丸に乗って来られるのか？」

「ご家族のご意思次第です。こちらも早急に対処いたしますので、本日中に報告書をけいしＷＡＮの角秘区分で当係宛に送るよう警務係にお伝え下さい」

「わかった」

電話を切ると榎本は監察官に事実報告を行い、その足で制度調査係職員相談一一〇番担当の田川誠吾主査の席に向かった。

田川はデスクでパソコンに向かっていた。

「田川係長、小笠原署で職員が自殺未遂だ」

田川のキーボードを打つ手が止まると同時に顔を榎本の方に向けた。

「誰が自殺未遂をしたのですか」

「大脇雅彦巡査部長だ。君がパワハラの相談を受けていた当事者だ」

田川の顔が硬直していた。

「今、監察官に報告を行った。君も担当上司に速報しておきなさい。一刻を争う事態だ」

「監察が動くのですね」

「他にどこが動くんだ。僕が陣頭指揮を執る。今回は徹底的にやるからな。君も部外の上司に相談することなく自分の職務を忠実に執行してくれ」

榎本がそう言った時、背後で庶務担当管理官が榎本を呼んだ。

庶務担当管理官の慌て方から警務部参事官兼人事一課長が呼んでいることが榎本

にはすぐにわかった。

この情報伝達のスピード感がヒトイチならではのものだと榎本は理解していた。

参事官室に入ると兼光課長を筆頭に奥瀬首席監察官、権藤《ごんどう》管理官、青木監察官が既に着席していた。

「榎本君、悪い予感が的中したな」

兼光人一課長は榎本が部屋に入るなり言った。

「あってはならないことです」

「まあ、座ってくれ。早急に善後策を検討しなければならない」

榎本が座るのを待っていたかのように田川の直属の上司である権藤が榎本に言った。

「榎本係長は、うちの田川主査が外部に相談したことが今回の事件の背景にあると考えているんだね」

「それが火に油を注いだ形になったのだろうと思います」

榎本はまだ婉曲的に言ったつもりだったが、権藤は自らが追及されていると感じたのか、逆に榎本に聞いた。

「榎本係長も担当上司の青木監察官に報告したんじゃないのか」

「もちろんしました。このような事案になることが目に見えていたからです。もう一人、田川主査に相談した池橋警部補も同様の仕打ちを受けているとの情報が外部からも届いております」

「それはいつ、誰から聞いたんだ。私は聞いていないぞ」

「それは私の責任ではなく、職員相談一一〇番の問題だと思います。島民の多くもすでにそのことを知っているのですから」

「だから、誰から聞いたのかと聞いているんだ」

「情報提供者の名前を担当上司でもない権藤管理官に話す必要はありません」

権藤の顔色が変わった。

「私が榎本係長に事実確認をしたのは、二週間ほど前だよね」

奥瀬が榎本に確認する。

「はい。権藤管理官から首席に情報が上がった段階でしたから」

「榎本係長は急ぐ必要がある、と言っていた。私もその旨を権藤管理官に伝えたんだが、この二週間、新たな報告は上がってきていなかった。現時点でどこまでわかっているんだ」

権藤の顔から血の気が引いた。榎本が兼光一課長の顔を見ると、「待て」と目配せされる。

権藤は下唇を噛んだ後、ようやく口を開いた。

「田川主査も懸命に事情を聞いた様子でしたが、一本の柳下管理官が相手にしてくれず、中野次長もそのような事実はないという回答だったようです」

「全て田川主査に任せたということか」

さらに奥瀬が尋ねた。

「田川主査も責任を感じていた様子で、榎本係長に相談したようなのですが、榎本係長は相手にしてくれなかったと」

「榎本係長は自分より君に報告した方がいいと言ったので、君が報告を受けたのではないのかな。そこで榎本係長の名前を出すこと自体、ちょっと間違っているのではないのか」

権藤は余計なことを口走ってしまったことを悔やんだのか、また下唇を強く噛んでいた。

様子を見ていた兼光一課長が一同を見回した。

「さて、事は急がなければならないな。明日にはマスコミの知るところとなるだろう。私も記者会見を開かなければならないからね。明日朝一番で奥瀬さんと榎本君の二人で現地に飛んでもらえないか。手立てはあるだろう」

「八丈まで民間機で飛んで、そこから自衛隊機に乗り継ぐのが一番かと思います」

「なるほど。民間機の到着時間に合わせてもらえばいいわけだな」

「御意」

「それならばそれで至急手配をしてもらいたい。榎本君は現地の職員からできる限りの聴取をお願いしてくれ。奥瀬さんは申し訳ないけど、署長と次長の聴取を明日の十五時までに終えて。私は十六時に会見を行う予定なのでね」

「青木さん、それでいいですね」

奥瀬が尋ねる。

「結構です」

「ところで榎本君は向こうに誰か知り合いはいるの」

「かつての部下がおります」

兼光一課長はそれ以上を訊ねなかった。この時、権藤が榎本を睨んだが、榎本は気付かないふりをした。

「権藤管理官、私が離れている間に田川主査と一本の柳下管理官から自認書と供述調書を取っておいてくれ」

と奥瀬。言葉は穏やかだったが、内容は実に厳しいものである。

自認書を取るということは、今回の自殺未遂に関して知りうる限りの経緯を自ら報告しなければならない。これに伴う供述調書は、いわば被疑者供述調書となんら変わりがなかった。

「自認書とは今回の自殺未遂と先般の相談事案を結び付けろ、とおっしゃるんですか」

権藤が奥瀬に思わず聞き返した。

「他になにがある」

奥瀬は固い表情で突っぱねた。権藤は兼光にすがるような視線を向けたが、兼光は「そうして下さい」と静かに言った。

「……かしこまりました」

権藤は肩を落とした。

自席に戻った榎本に青木監察官が訊ねた。

「榎本係長は今回の事案をどう考えている」

「全ては小松署長のパワハラが原因なのでしょうが、署長に就かせた人事係にもその責は負ってもらわなければならないと思います」

「そこにまで及ぶか。『職員相談一一〇番』の責任は」

「まったく機能していなかった。もっての外です」

「きちんと機能していれば、そもそもこんなことにならなかったはずだな」

「溺れている者に石を投げたようなものです。溺れさせた者以上の責を負ってもらわなければ組織がもちません。田川には気の毒ですが懲戒処分を検討しております」

「停職か？」

「免職しかないでしょう。小松署長と同じです。それに向けた供述調書を作成してきます」

「榎本係長の判断を覆すことができるのは、参事官くらいのものだろうからな」

「いいえ。僕はまだ感情が逆立っていますから、こと処分に関しては通常よりも過激な言葉が出てしまいます。どうか、その意だけはお汲み取り下さい」

「わかっているよ。監察の最古参であり、さらに参事官の信任も厚い君のことだ。感情に流されることがないことはわかっている」

青木はさばさばとした表情で自席に戻った。

このような場合の海上自衛隊への協力要請は企画課を通じて行うことになっていた。これが事件捜査であれば刑事部の捜査共助課が行うのが筋だった。

航空会社の総務担当には榎本が直接電話を入れた。

航空機が満席の場合であっても搭乗締め切り三十分前までならば二席は空けてもらえるように各機関との申し合せができている。これは緊急事態に備えるためであり、もし、ハイジャック等の重要犯罪が発生した場合には直ちに離陸できる航空機一機をチャーター便として使うことも取り決められている。

翌朝一番の航空機を手配し、宿泊先も決めると、榎本は企画課に連絡を入れた。


警視庁警察官を拝命したからには、広い管内の中で一度は行ってみたいと思っていた場所が小笠原である。しかし、まさか仕事でこの地を訪れることが現実になるとは思ってもみなかった。

八丈島空港で海上自衛隊US‐2飛行艇から大脇を降ろして八丈島警察署の警務係に引き継ぐと、奥瀬首席監察官と共に榎本は飛行艇の後部の開閉扉から乗り込んだ。

おがさわら丸では丸一日かかる行程を、わずか二時間足らずで済ませることができた。

「こんな経験は滅多にできんぞ。そうだな、警視総監か、警備部長くらいのものだろうな」

機内で奥瀬首席監察官が榎本に言った。

「首席も小笠原は初めてなのですか」

「いや、二度目だ。巡査部長時代にマル機の島部派遣で行ったことがある」

「二度行かれる方も珍しいのではないですか」

「こういう言い方をしては先ほど入院させた大脇巡査部長に申し訳ないが、人生経験としてはボーナスに近いものがある」

奥瀬は小声で言った。

「間もなく着水致します。手すりにおつかまり下さい」

飛行艇は文字通り水陸両用の飛行機である。民間航空機ならば着陸のアナウンスから二十分後に着陸するのだが、この時は搭乗員の連絡から三十秒も経たないうちに飛行艇は太平洋に着水した。

滑るような着水を考えていた榎本だったが、水切りの石のように軽くツーバウンドして飛行艇は、飛行機から船に姿を変えた。

海上自衛隊父島基地の揚陸スロープを海から陸に上がる瞬間が、ホバークフフトのそれとはまた違う感覚だった。

地上では飛行艇は船から飛行機の姿に戻る。

「到着です」

搭乗員の言葉に思わず「ありがとうございました」と言った榎本は、気持ちを引き締めて機体の側面にあるタラップを降りた。

小笠原の地に足をつける。タラップの真正面で一行を出迎えたのは小松署長だった。

小松は奥瀬に恭しく頭を下げたが、随行しているのが榎本であることを知ると、一瞬榎本を睨みつけた。榎本は何も気づかない様子で会釈を返す。署長車には奥瀬が同乗し、榎本は警務係の車と思われる公用車に乗って小笠原署に向かった。

警務課長代理の藤沢警部は榎本が監察係の筆頭係長というよりも人事一課の筆頭係長であることを意識しているのか、緊張した顔つきである。

「榎本係長さんはまだ若いのに課の筆頭係長なのですね」

藤沢は愛想よく言った。

「長くいるのでそうなっただけのことです。来年はようやく不向きな仕事から解放されると思います」

「いえいえ」

監察がやってくることを心から歓迎する部署などあるはずがない。それでも先方は監察に悪い印象を持たれまいと懸命にゴマをすろうとする。

藤沢代理も決して年次的に遅れているわけではないのだが、島の課長代理は二所属目である。年齢も榎本より二歳上だったが、ヒトイチの筆頭警部と島の警部とでは、立場がまるで違うのが警察組織である。藤沢代理がこのまま上手く所轄の代理を卒業できたとしても、数年後には本部の管理官と係長という差がうまれる。

小笠原署に着くと二人は署長室に案内された。

小松からこれまでの経緯について簡単な資料を配られ、報告を受けた。資料にはパワハラの文字はない。

「小松署長と中野次長についてはこれから私が話を伺います。警察職員の自殺未遂という重大な事案ですので、供述調書という形で録取します。予め承知おき下さい」

奥瀬が言うと、小松署長と中野次長は揃って頭を下げた。

「それから、同席している榎本係長は課長以下の職員と、部外の島民の中から本件に関する背景を知悉《ちしつ》していると思われる方からも聴取いたしますので、私よりも長期間本島に滞在することになると思います。その点についてもご理解願いたい」

榎本が会釈すると、小松は不機嫌な顔をさらに歪めた。

「署員はともかく、部外者に話を聞くとおっしゃいましたが、いたずらに不祥事が島民に広まるだけではないでしょうか」

署長がそう言ったが奥瀬は同意しない。

「本件はすでにマスコミの知るところとなっています。本日の十六時には警務部参事官が本件についての記者会見を行う予定です。既に内部だけで処理できる問題ではないことを理解しておいて下さい」

小松は驚いた様子で中野と顔を見合わせた。

「どこから情報が漏れたのでしょうか」

と小松は慌てて尋ねる。

「この島には多くのマスコミ関係者が情報協力者を設定しているのですよ。署長が日頃からお付き合いされていらっしゃる方の中にもそのような人がいることを忘れないでください」

ようやく小松は観念したような面持ちになった。

「よろしくお願いします」

深々と頭を下げた。先ほどまでの虚勢があとかたもなく消えている。

署長室が奥瀬の取調室に変わった。榎本の取調べには刑事課の取調室があてがわれた。

榎本が最初に呼んだのは池橋の担当上司である高村刑事課長だった。

警視庁職員の事故が起こった際に監督責任を最初に問われるのが本部の場合は管理官、所轄の場合は課長である。

管理官、課長は管理職として業務の管理よりも人事管理が優先され、第一次人事責任を負うからである。

「高村課長、本来なら同階級以上の者が対応すべきところですが、今回の事情と地理的特殊性から私が対応します非礼をお詫びいたします」

まずは下手に出るのが榎本流である。

「いや、こちらこそ迷惑をおかけしたことを深くお詫びします。何なりと聞いて下さい」

高村も分かっているのだ。数年後には榎本が自分より上位の管理官として出世することを。ここで無礼な態度を取ることはないだろう。

　榎本は高村の人定と小笠原署着任後の任務及び大脇巡査部長の勤務状況を訊ねた後、本題に入った。

「では、今回の件についてお伺いいたします。まず大脇巡査部長に対して、小松署長からパワーハラスメント的な行為があったのか否か。そこからお答え下さい」

　榎本は尋問を続けながらキーボードを叩いていた。できるだけ言葉のニュアンスをそのまま記録するよう努めた。尋問を受けている立場からすれば、これほど精神的に圧迫を受けることはなかった。なぜなら、言葉の一つ一つが直ちに文字となっていくのだ。曖昧《あいまい》な表現は厳しく突かれていく。

「大脇本人はパワハラと受け止めていたかも知れません」

「大脇巡査部長の立場ではなく、客観的に課長がどう思われていたかを訊ねているのです」

「私は、パワハラというよりも、やや強い口調ではありましたが、本人のためを思って鍛えているという受け止め方をしていました」

「大脇巡査部長一人を特別な目で鍛えていたということですか」

「一人特別、ということはないかと思いますが……何と言うか」

榎本は曖昧な表現を認めなかった。

「そこが大事なところなんです。今、課長との会話は問答形式で綴っておりますので、正確にお答え下さい」

問答形式というのは供述調書作成のテクニックの一つで、曖昧にはできない重要なポイントについて、聴取者と非聴取者を「問」「答」と分けて記載する手法だった。その際には、供述調書の文章に段落を入れて「この時本職は○○について問答式に質問を行うこととした」という一文を入れるのだ。

「パワーハラスメントの定義を私は十分に理解していませんでした。ですから、パワハラというよりは、他の者よりはやや厳しい言い方をしているとは感じておりましたが、イジメのような感覚とは受け止めていなかったということです」

と高村。焦りが見える。

「もし課長ご自身が毎日、上司から顔を合わせる度に酷い言い方をされていたら、どうお感じになったと思いますか」

「私がですか……。確かに辛かったかも知れません」

「どうして辛いのですか」

「いや、厳しい指導という捉え方では自分を納得させることが難しい状況になったかも知れません」

「課長の立場でさえそうだとしたら、その下の下である巡査部長はもっと厳しい思いがあったと感じませんか」

「今となってはそうかも知れません」

「お言葉ですが、課長の『かも知れない』という言葉は、逃げではないでしょうか。署長から厳しく指導を受けていた大脇巡査部長に対して、課長は何かフォローアップをしましたか」

「していません」

「一度もないのですね」

「はい」

この時高村は下唇をグッと噛みしめていた。榎本はこの時の状況を取調べ事実報告書に記載していた。

「あなたの直属の部下である池橋係長が人事一課の職員相談一一〇番に小松署長の大脇巡査部長に対するパワハラ疑惑を相談したことが発覚したはずです。その際、あなたは池橋係長、大脇巡査部長の二人に対してどのような対応をしましたか」

「大脇巡査部長には何もしていません。池橋係長に対してはなぜ自分に相談しなかったかを訊ねました」
「あなたは池橋係長が職員相談一一〇番に相談したことを、どのように受け止めたのですか」
「上司を飛び越えて職員相談一一〇番のようなところに相談すること自体が不愉快でした」
「あなたは池橋係長から一度も署長の対応について相談を受けたことはないのですね」
「相談はありません」
「では何があったのですか」
「相談というよりも世間話のような感じで話題にしたことはあります」
「それを相談とは受け止めなかったわけですね」
「署長がすることに部下は口を出せないでしょう」
「理由の確認もできないのですか」
「署長と課長の関係はそういうものです」
「署長を補佐するのが課長の仕事なのではないのですか」
「それは業務についてで、個人的な方針については何も言うことができません」

「個人的な方針というのはどういうことですか」

「それは、なんというか個人的な感情のことです」

「方針と感情は違うと思いますが、その点をはっきり説明して下さい」

高村は大きなため息を二度ついて答えた。

「個人的な好き嫌いのことです」

「では、方針ではなく感情のことでいいのですか」

「そうです。署長は大脇を嫌っていました。それも相当前からのことらしく、恥をかかされた、とおっしゃっていました」

「いつ頃その話を聞いたのですか」

「署長が着任した早々の幹部による歓迎会の席です」

「あなたの部下が嫌われていたわけですが、あなたはどう対処しようと思ったのですか？」

「署長は大脇に警察官としての基本的能力が欠如していると考えていました。確かに気が向かないと仕事をしないような面もありましたので、署長の意向に従おうと思いました」

「署長の意向というのはどういうものですか？」

「排除することです」

「排除とはどういうことですか」

「できれば自分から新たな道を選ぶよう指導することです」

「分限等の措置をとることではなく、警察官ではなくすということですか」

「はっきり言えばそうです」

「それが幹部としての責務なのですね」

「署長の方針がそうなのですから、私は従うしかありません」

「すると、池橋係長が取った行為はあなたの意に反するものだったのですか」

「私の、というよりも署長の方針に反するものでした」

「署長の方針をあなたは池橋係長に伝えましたか？」

「伝えていません」

高村の額から汗が噴き出していた。自分で答えながら自己否定をしているかのような状況だったのだろうと榎本は感じたが、決して誘導することなく質問を続けなければならなかった。

「では、池橋係長は署長の方針を知らなかったことになりますが、そうですか」

「その意を汲み取るのが中間幹部に求められる能力だと思いました」

「最後に、大脇巡査部長の自殺未遂に関してどう思われますか」

「残念の一言です」

「それは大脇巡査部長に対してですか。それとも自分自身に対してですか」

高村が呆然とした顔つきで榎本の顔を見た。榎本の質問が本質を突いていたから
だった。そして十秒ほどの沈黙の後でようやく口を開いた。

「両方です」

「残念という意味はどのようにも取ることができます。言葉を換えて具体的に答え
て下さい」

「死を選ばなくても、人生には多くの選択肢があります。それを考えて欲しかった
ということです」

「それならば、どうしてそれを直接伝えてあげなかったのですか」

「それは、その時が来れば署長が伝えるものと思っていました」

「その時とはいつのことですか」

「それは」

と言いかけて、高村は榎本の顔を見つめた。それを俺に言わせるつもりか、とで
も言いたいのだろう。榎本は軽く首を横に振る。

「もう一度聞きます。その時、とはどういう時のことですか」

「厳しい指導に耐えられなくなった時です」

そう言って高村は嗚咽を漏らした。榎本は冷静にその姿を眺めていた。

高村はこの時のことを後の懲戒処分の聴聞時にこう答えていた。

「榎本監察係長から『問答形式で綴っている』と言われた時、私は榎本係長の捜査能力が極めて優れていると思いました。そしてその一言で、私が本件に関して参考人ではなく被疑者的立場にあることをはっきり認識しました」


次に警務代理の聴取を行ったが、これも保身だけが人生の男だった。

警務代理は署長、次長と現場をつなぎ、署内の庶務全般をつかさどる重要なポジションである。

池橋陽一刑事係長の聴取は午後一時半から行った。榎本は一切の食事を取らず午後三時までには主たる聴取を終える予定だった。

池橋陽一は精悍な面構えを持つ男である。彼とは過去に一度だけ会ったことがある。それは池橋の結婚式で、彼の妻となった玲子側の職場関係者としてだった。玲子は榎本が麴町署警務代理の時の直属の部下だった。警部補試験に合格しながら、管区学校入校前に辞職した珍しい存在だった。その玲子から相談を受けたのが、今回の池橋警部補が小松署長にパワハラを受け始めた時だった。しかし、その事実を池橋は全く知らなかった。

「池橋係長、あなたが今回の大脇巡査部長の自殺未遂に関して一番感じていることは何ですか」

「私は警視庁という組織を信用できなくなってしまった。それだけです」

「大脇巡査部長に対してはどうですか」

「口惜しかっただろうと思います。ただそれだけです。どうして組織は弱者を救うことができなかったのか。内部の弱者を救えずして、一般都民の弱者をどうやって救うことができるのか。私は大脇が自殺を企ててから、その答えを探しましたが何も出てきません」

池橋が涙の一つも見せずに訥々《とつとつ》と述べた。

「あなたが組織から裏切られた、と思う気持ちは理解します。加えて私は当事者になり切ることはできません。同じ人事一課の者があなたに与えた不信感を払拭できるとは思いません。ただ、今後の組織を良くしたい。ただそれだけの心根でこちらに来ていることだけはご理解賜りたいと思います」

「本部の、しかも人事一課の監察係長がそこまでおっしゃるのですね」

「私は信託を受けている都民の皆さまに対して、業務を通して直接お応えできる立場にはありません。しかし、そうであるがために現場でご苦労されている様々な執行官のことを考えて仕事をしているつもりです」

「執行官というのはどういう意味ですか」

「実は私も執行官の一人ではあるのですが、直接都民の方々と接する立場にはありません。本来の意味での執行官というのは現場執行、つまり都民の方々と直接接しながら、世のため人のために仕事をされている警察官を指すものだと思っています」

「人事はそうではないのですね」

「残念ながら、当課には都民の苦情等を直接扱う業務はありません。しかしながら、都民のためになる人事を心掛けるのが使命だと常々考えております」

榎本のあまりの腰の低さに池橋係長は珍しい動物でも見るかのような様子で、まじまじと榎本の顔を見ていた。

そんな池橋の姿を見て榎本が訊ねた。

「池橋係長が今回のパワーハラスメント問題について最初に感じたのは、いつのことでしたか？　そしてその時の内容はどのようなものだったのですか？」

事案の本題に入ったことを理解した池橋が大きく深呼吸をして、一気に語り始めた。

「大脇巡査部長は私よりも半年前の昨年秋に当署に着任していました。実務能力に関しては及第点を与えてもいいと思うくらいの達成率でした。この春に私が異動になった時にはすでに刑事課の部長刑事として島民の皆さんともそれなりのお付き合いができていたと聞いておりました」

「署内の人間関係は良好だったのですか」

「積極的に仲間を作ろうという姿勢を持つ男ではありませんでした。ただ、一部の島の住民とは極めて良好な人間関係にあったと思います」

「一部とは」

「私が着任した時には既に小松署長もいらっしゃいました。大脇はそれまで築き上げた人間関係が全て打ち壊されたと言っていました」

「なるほど。大脇巡査部長の着任から三ヵ月遅れて小松署長が着任したわけですね」

「そうです。小松署長は私より三ヵ月早い異例の人事だったのです」

「前任者がご家庭の事情で急遽早く帰られた異動でしたから、小松署長は一年九ヵ月の任期で来られたわけですね」

「前任署長は極めて温厚な方だったようで、急な異動にもかかわらず一方面の署長になることができたと評判でした。その方よりも三ヵ月長く勤務される小松署長は、きっとそれ以上の人事があるのではないかというのが島の有力者の意見でした」

「まあ、それは本人次第なのですがね。それと署長の姿勢と何か因果関係があるのですか」

「次長もうちの課長も署長に対しては悲しくなるくらいのイエスマンなのです。私も警部補なりに多くの島民の皆さんとお付き合いしていますが、島の皆さんもこれを認めています」

「なるほど。署長の意向に誰も異を唱えることができないという、いわば絶対的な存在になっていたわけですね」

「言葉は悪いですが、島の支配者のような感じでした」

「島民の生活にも影響を及ぼしていた、ということですか」

「村役場や漁協にも協力要請という形ではなく、『してもらわなければ困る』という姿勢だったようです」

「よく島民の皆さんは反発しませんでしたね」

「最初にやったのが交通一斉取り締まりだったのです。ほとんどが飲酒運転でした。最初は観光客がターゲットだったのですが、取り締まりにあった観光客から『住民はいいのか』とのクレームが来たので、島民も平等に取り締まったのです」

「突然のことだったわけですね」

「そうです。でも島民の方は後で個人的に呼び出して巧くもみ消したのです」

「ある意味で貸しを作ったということですか」

「結果的にそうです。その後小笠原が世界遺産に登録されて世界中からＶＩＰが集まるようになったことで、島の行政に口出しするようになってしまったのです」

「時々いる勘違い男の典型だな」

警察署長は管内では有力者の一人である。管内に大学、高校、中学、小学校を持つ場合、その学長や校長よりも立場的に上に立つと思う輩がいるのだ。その中には「管内に小学校は七校ある。校長よりも署長の立場が上であることの証明だ」と口にした知的レベルが低い署長も実在する。田舎の高卒署長と国立大学卒校長であっても、そんなことはお構いなしという輩なのだ。そんな時、最も恥をかくのは、そこに勤務する現場の警察官なのである。

榎本は質問を続けた。

「あなたが小松署長の大脇巡査部長に対するパワーハラスメントの疑いを持った理由を教えて下さい」

「私自身、何がパワーハラスメントに当たるのかはっきりわかりませんでしたので、職員相談一一〇番に相談したのです」

「私が訊ねているのはパワーハラスメントの疑いです。具体的な行為を教えて下さい」

「毎日、厳しさを通り越した、まさに罵声に近い言葉を浴びせていました。その中でも一番多かったのが『お前は警察官のクズだ。俺の前に顔を出すな』という言葉です。それも一般の島民もいる一階の大部屋で言っていました」

「なるほど。立派なパワハラですね」

「やはりそうですか」

「人格を傷つける言葉です。しかも業務遂行に支障を及ぼす内容ですからね」

「瞬時にそのようなことが言えるのですか」

「言っていいことと悪いことがあります。それに加えて一対一で言うのか、衆人環視の状況で言うのかも問題です」

「しかし、職員相談一一〇番の担当者の警部さんは、そうはおっしゃいませんでした」

「まだ、相談事案の段階と判断したからでしょう」

そう答えながらも榎本は田川主査の対応の拙《まず》さを考えていた。

「大脇巡査部長が署長から嫌われる理由を本人には確認したのですね」

「昔のことを根に持っている、というようなことは言っていましたが、詳細は語ってくれませんでした」

「あなたと大脇巡査部長との関係はどうだったのですか」

「私は良好だったと思っています。彼は単身者でしたので警備待機寮に入っていましたが、週に一度は我が家で食事をしていました」

「なるほど。そこでは署長の話はしなかったのですね」

「酔うと、署長のことを『あの野郎』と言っていたので、妻も心配していました」

榎本はその時の情景が見えるような気がしていた。大脇巡査部長は池橋係長を信頼していたのだろう。この件は池橋係長の妻にも確認しなければならない事項だった。

「ところで職員相談一一〇番に相談した経緯を教えて下さい」

「職員相談一一〇番の存在は『自警』に掲載されていました。様々なハラスメント対策ということでしたし、昇任試験問題にもなったはずです」

「警務要鑑にもハラスメントに関して記載されていますからね」

『自警』とは警視庁職員に対して毎月配付される組織内機関誌である。また警務要鑑は警視庁職員に対する執務提要のことで、千ページを軽く超える内容で毎年更新されて配付される。警務要鑑に新たに掲載された項目はその年の昇任試験に出題される可能性が高いため、昇任試験合格を目指す者は、これが配付された時には一番に確認するのが恒例となっている。

「しかし、職員相談一一〇番に相談する前に、署内のどなたかに相談はしなかったのですか」

「そういう関係の人はいません。課長以上は先ほども申しましたように完全なる署長のイエスマンですからね」

「職員相談一一〇番の対応は如何でしたか？」

「真摯に話を聞いてもらえたと思っていました。私の相談に対しても『内部告発というよりも相談事案であり、相談者の名前を出すことは一切なく、相談者の立場を守る』とおっしゃってくれました」

そこまで言うと池橋係長の目に薄っすらと涙が浮かんだ。

「ところが、それが小松署長に伝わってしまったのですね」

「そのとおりです。しかも三日と経たないうちでした」

「どういう気持ちでしたか？」

「騙された、というよりは警視庁という組織が情けないと思いました。いっそのこと辞表を叩きつけてやろうかとも思いました」

「そうしなかったのは」

「妻がアドバイスしてくれたからです」

「奥様は元麹町署勤務の優秀な女警さんでしたからね」

「もうご存知ですよね」

「仕事ですから。それよりも、その後、小松署長の池橋係長に対する態度は変わりましたか」

「まさに豹変でした」

「どのようなことを言われましたか？」

「前日までは『池橋係長を信頼している。君に任せる』とおっしゃっていたのが、

『お前』に呼び名が変わり『母島の駐在に飛んでもらう』『三月には内地に帰ってもらう』というようなことを言われました」

「他には」

「証拠能力はないかも知れませんが、ボイスレコーダーに逐一録音しています」

「それはありがたい。お借りできますか？」

「もちろんです。刑事部屋で大脇を怒鳴っていた時のものもあります」

榎本は聴取を一旦打ち切り、そこまでの話を供述調書として署名指印を取った。

午後三時に榎本は奥瀬首席監察官に三名の供述に関する事実報告を行った。奥瀬も署長、次長からの調書を仕上げていた。

「榎本係長、私は明後日のおがさわら丸で署長を同行して内地に帰ろうと思う。署長を残したままでは、この署がどうなるかわからん。悪いが榎本係長は、あと十日ほどここに残って関係者の聴取をしてもらえんかな。一日一人でいい。そして少しは日本の最後の楽園を楽しんできなさい」

榎本は奥瀬の厚意に感謝した。

翌日も奥瀬は署長と次長の聴取を行い、その翌日、小松署長を伴っておがさわら丸で内地に向かった。

おがさわら丸の出港時には二見港に停泊する漁船やクルーザーが総出で湾を出るまで並走して見送りをするのが恒例のようだった。

デッキに立つ奥瀬を見送ったが、小松署長は最後までデッキに顔を見せることはなかった。

残された中野次長は悲惨だった。署員の誰も相手にしないばかりか、毎日顔を見せていたという安協の理事長さえ姿を見せなくなった。

一方で警部補以下の署員は大脇巡査部長を支えることができなかった反省からか、積極的な街頭活動や繁忙期の残務処理を懸命に行っていた。

大脇巡査部長の着任同期という強行犯担当の須藤主任が榎本のところに来て言った。

「前はみんなこんな感じで仕事をしていたんですよ。明るく、楽しくね。監察係長がいらっしゃるからじゃないんです」

「それは小松署長が来てから変わった、ということなのですか」

「署長が大脇に対して、みんなが驚くほどのイジメに走ったのを見て、全員が萎縮してしまったんです」

「あなたはイジメと見ていたのですね」

「あれがイジメでなくて何と言えるでしょう。ただ、大脇も署長のことを前から知っていたらしく、結構言い返したりしていたんです。最初は二人でじゃれ合っているのかとも思いましたが、三日もすれば、それが本当のイジメであることを皆が知ってしまったんですよ」

榎本は胸が苦しくなるほど、大脇巡査部長の心中を察していた。

それから三日間で巡査部長以上の職員全員から聴取を終えた。

小笠原に来て約一週間、榎本は一滴の酒も口にしていなかった。この日初めて池橋に訊ねた。

「どこかいい店はありますか」

「飲む店のことですよね」

「そう。宿舎の民宿では全く酒を飲んでいなかったので、ちょっとフラストレーションがたまっていました」

「部外者と一度も話をしていなかったようですからね。島民の皆さんも『あれは誰だ』と姿はわかっていても、話しかけることもできなかった様子です」

「明日から少しずつ、島の皆さんから話を聞かなければならないので、適当なところからご紹介いただけると助かるのですが」

「それならいい店があります。なんなら、うちのかみさんも連れて来ましょうか」

「警察時代は鈴木玲子さんというお名前でしたか。お懐かしい。会うのは久しぶりです」

榎本は明るく笑った。驚いたのは池橋である。

「えっ？　会ったこともあるんですか」

目を丸くして尋ねる。

「麹町署の時に一緒でしたし、お二人の結婚式にも出席していますよ」

「ええっ」池橋は後ずさって転びそうになる。「そうだったんですか。あいつ何も言わなかった。いや失礼しました」

「玲子夫人があなたのことを心配して私に直接電話をくれたのですよ」

「それはいつのことです」

「十日ほど前です。だからといって私情を挟むことはありませんけどね」

榎本が笑って言うと、池橋は神妙な顔つきになった。

「あいつが警察官を辞めて初めてじゃないですかね。古巣の人に連絡を入れたのは」

池橋は複雑な想いがあるのか視線を落とした。

「それほど心配なさったのでしょう。僕もこのことについては上司を含めて誰にも言っておりません」

池橋の目が潤んだが、榎本はここでもやはり気づかないふりをした。

その夜「おかよちゃん」には池橋夫妻の他、多くの島の重鎮が集まっていた。

漁協の専務理事が最初に大脇巡査部長の復帰を願って乾杯の発声を行った。

「代理さんはまだご結婚されてないんですか」

玲子がこっそり榎本に言った。

「そろそろとは考えているんだけど、なかなかね」

榎本は照れ臭くなって肩をすくめる。

「いらっしゃらないわけではないのですね」

「お互い仕事を持っていると、タイミングが合わないんだよ」

漁協の専務理事が割り込んできた。

「なになに、島は別嬪《べっぴん》さん多いよ。ここの特徴はね、戦後長いことアメリカの支配下にあったからいろんな血が混じっているんだよ。血が混じるということは優性遺伝とやらがあるらしくて、特に女性はみんな綺麗なんだよ」

「どうりで」

「結婚はタイミング。あれやこれや言ってないでビビッと来た相手とサッとした方が上手くいくんだから。なあ玲子ちゃん」

「ええ、でも榎本係長は警視庁の将来を背負って立つ人ですからね。何事も慎重なんですよ」

玲子は榎本を見て微笑んだ。

「そんなに偉い人なのかい」

榎本は大きく首を横に振る。

「偉くなんてないですよ。まだまだです」

「これからだろう」

「もう、三十代も後半です。若くはありません」

「結婚するには確かに若くはないな」

一同が笑った。この夜は一時過ぎまで延々と酒盛りが続いた。

翌日からの聴取は漁協の専務理事が順番を決めてくれたお蔭で、実にスムーズに運ぶことができたが、その代わりに毎晩、宴会が続いた。

三日目の夕方、小笠原警察署に榎本を訪ねてきた島民がいると庶務の係員から連絡が入った。

署に戻ると五十代半ばと見受けられる和装の女性が待っていた。

「本庁から来られている警部さんというのは、あなた様でしょうか」

「本庁というのは警察庁という上級官庁のことで、私は警視庁本部から来ております榎本と申します。どういうご用件でしょうか」

「はい。出過ぎたことかとも悩んだのですが、大脇さんと小松署長さんのことで、お耳に入れておいた方がいいと思いまして参りました」

「失礼ですが二人と、どういうご関係なのでしょうか」

「私は境浦で小料理屋をやっている三《み》浦《うら》菜《な》緒《お》子《こ》と申します。主人は漁師ですが、おが警さんで少年柔道の指導をしています三浦勇作《ゆうさく》でございます」

小笠原警察署を地元の警察行政に協力的な住民は「おが警さん」と親しみを込めて呼んでいた。

「少年柔道にご協力をいただきまして感謝いたします。ところで、小松署長と大脇巡査部長のこととは、どういうことでしょうか」

「小松署長は大脇さんを自分の息子のように思っていらっしゃいました」

「えっ？」

榎本は小笠原に来て初めて耳にする話に思わず戸惑った。

「島の皆さんは大脇さんを署長さんがイジメているると思っているみたいですが、実は、亡くなった署長さんの息子さんのイメージを大脇さんに重ねていらっしゃったのです」

「確かに五年前に小松署長のご子息は交通事故でお亡くなりになっていらっしゃいます。しかし、そのご子息と大脇巡査部長のイメージが重なっていたという話は聞いたことがありません」

「大脇さんと署長さんはお二人で何度かうちの店にいらっしゃいました」

「なんですって？　すると大脇巡査部長は署長の気持ちを知っていたというのですか」

　榎本は注意深く話を聞くことにした。あまりに突飛な話の裏に、誰かの入れ知恵があるのかも知れないという思いがあったからだ。

　しかし、その話はどうやら事実と思われた。一緒に写った、しかも二人が握手している写真まであったのだ。

「ただ、大脇さんは署長さんに甘えているわけではないのに、時々ズケズケと厳しいことをいうことがありました。不思議な関係だと思っていたこともありましたが、署長さんには決してイジメや憎しみの気持ちがあったわけではないことも、お知りおき頂きたいと思いまして参りました」

榎本は謝辞を述べて署の玄関の外まで女性を見送った。大脇の聴取が終わるまでは安易な動きをしてはならないと、この時初めて思った。

帰る船まで四日を残して仕事は終わっていた。

最終日にはダイビングスクールの代表の計らいで硫黄島、母島、さらには現在拡大を続ける西之島まで足を伸ばした。

「いい経験ができました」

「署長でもなかなか行くことができないんだよ。大脇ちゃんが後押ししてくれているのかね。榎本さんがいい人だということを島民はわかっているよ。次長の態度も変わったんじゃない」

「そう言えば、次長の顔をみていませんね」

榎本が笑いながら答えた。

おがさわら丸に並走してくれたダイビングスクールのクルーザーからは何人もが海に飛び込んで手を振り、別れを惜しんでくれた。

「最後の楽園だな……」

榎本も恒例行事とはわかっていても思わず別れを惜しむ、感傷的な気持ちになってしまうのだった。

帰京した翌々日、久しぶりに警視庁本部に出勤すると榎本はすぐに参事官室に呼ばれた。

「随分いい色になっているじゃないか」

兼光一課長が笑いながら言った。その横では奥瀬が目を細めていた。

「最後の四日は何もデータが届かなかったがコンピューターの故障だったのか」

兼光がさらに追い打ちをかけた。

「日本の領海と公海の境をこの目で確認して参りました」

榎本が澄ました顔で答えると兼光一課長は「ほう」と何度か頷いて言った。

「それほどの人間関係を短期間で養成できるのも榎本君の力量なんだろうな。供述調書を読んでいると、供述人の気持ちが伝わってきたよ」

榎本は無言で会釈した。

「大脇は本気で自殺を考えたようでした。それも署長に対する当てつけではなく、担当上司の池橋を巻き込んで、ことを大きくしてしまったことにショックを受けたようでした」

「署長との関係はどうだったんだ」

「決して良好ではなく、署長が亡くなったご子息の姿とダブらせたことには怒りさえ感じていたようです」

「どういうことだ」

「亡くなった署長のご子息は、署長が買い与えた車で暴走行為を繰り返した後に事故死したのだそうです」

「暴走族だったのか」

「暴走族ではありませんが、ドリフト族というやつで、神奈川県警からはマークされていた存在だったとのことです」

榎本は小笠原から帰った翌日、入院先の病院で大脇から聴取した結果の概略を報告した。

「ところで、処分に関して榎本君の意見を聞かなければならない。本件の関係者は署長以下六人でいいのかな」

榎本はすぐに計算した。それには制度調査係の田川主査と一本の柳下管理官も含まれていることになる。

「結構です」

「署長はどうだ」

「懲戒処分は妥当と思います」

「だろうな。懲戒の内容は」

「停職が相当かと思います」

「依願免職もありか」

「それはご本人の判断です。ご本人に悪意が全くなかったということでしたら、依願免職はなさらないでしょう」

「本人は非を認めているが、パワハラの認識はなかったようだ」

「それはちょっと甘いですね。警察大学校でもう一度、管理教養を受け直した方がいいですね。署長はいくら田舎大名だったとしても、一国一城の主ですからね」

「了解。課長は？」

「同様です」

「課長もか」

「彼がフォローアップしていれば、ここまで事態は深刻にならなかったはずです」

「なるほど」

「田川主査は」

「こちらも同様です」

「うーん、厳しくないか」

「警部補ならば自主的な休職で済むかも知れません。しかし、専門職の本部警部としては仕事をなめていますし、個人情報流出の原因を作っています。擁護する余地はありません」

「そうか……」

「方面本部管理官は」

「停職と降格です」

「懲戒処分に降格の分限を付けるのか」

「同じ警視でも所轄の課長とは業務の種類が違います。しかも方面本部の管理官ということは監察を業務としているわけで、情報を流出させるというのはあってはならないことです。田川主査同様、諸悪の根源の一人と考えます」

「諸悪の根源ね、榎本君は厳しいな」

「猛省が必要と考えます」

兼光一課長は榎本の意見を聞くと二、三度頷きながら言った。

「わかった。その意見をベースとして協議することにしよう。ところで榎本君、警視庁にパワハラは多いと思うかい」

「多いです。所属長が直接というのは稀でしょうが、副署長クラスには勘違いしている方が散見されます」

「理由は何だと思うかい」

「本部の管理官までは、もっぱら専門分野ばかり歩いてきた方が、突然、全部門に目を配らなければならなくなってしまいます。その時にこれをある程度受け入れるキャパがあればいいのですが、そうでない方にとって、ちょっと小賢しい部下が憎らしくなるのでしょう」

「すると、パワハラの対象はできない者よりもできる者ということなのか？」

「これまでの経験からそれが言えると思います。ですから早めに警部にまでなった者の中に退職者が多いのが特徴点として挙がってくると思います」

「そう言えば、若い警部がよく辞めているな」

「同じハラスメントに関して、セクハラは一時期、組織内で大騒動になって平成十七年にセクシャルハラスメント防止に関する通達を出し、さらに平成十九年にも警察庁長官官房参事官名で通達がでました。それでもその後多くの無能な幹部が処分されるに至って、ようやくセクハラは減ってきたと思います。しかし、パワハラは小笠原同様『厳しい指導』の名の下に未だに横行しているのが現状です」

「言ってもわからない、いわばどうしようもない奴には暖簾に腕押しだろうからな」

「パワハラ加害者は被害者の反応を楽しんでいるところがあります。そして単独でのパワハラというのは滅多になくて、もう一人これに賛同するコバンザメ的存在がいるのが特徴です」

榎本の話に兼光一課長が身を乗り出した。

「そんなものなのか」

「これまで所轄で行われたパワハラ事案を分析した結果、人工衛星課長の中の一人が同調していて、パワハラ被害者の担当課長が何も言えないという場合が多いのです」

「すると、若い課長代理がターゲットになって辞めているのだな」

「この三年間で三十代の警部十五人が辞めていますが、その全員が『組織を見限った』旨の発言をしているのです」

「そうだったのか。初めて聞いた話だ」

「島部を入れると百二もの警察署があるわけですが、これに本部の各参事官級幹部の他、方面本部長、本部各課長、執行隊長を加えると二百人近い所属長が出てくるわけです。しかしそれに相応の人物が組織内に十分にいるかといえば、決してそうじゃありません。課長もご存知のとおり、なんでこんな奴が署長なのかという輩も多い。その下の理事官、副署長については言うに及ばずで」

「榎本君の話を聞いていると悲しくなってくるな」

「これが現実ですから」

話を聞いていた奥瀬が笑った。

「榎本君も過去にパワハラ被害者だったことがあるんじゃないか」

「幸い、私は一方面しか経験がなく、巡査部長の時は愛宕署でしたが、その時の署長がキャリアの方でしたので、パワハラ被害には遭いませんでした。唯一管区学校の教授から滅法厳しくやられたことはありましたが、成績を下げられるまでには行きませんでした」

「そうか、環境に恵まれていたな。そういう強運の持ち主だからこそ、今みたいなことを課長に意見できるわけか」

「確かに人には恵まれていました。署長、副署長とも皆さん、参事官や正の署長になられていますから」

「なるほどな」

兼光一課長が頷く。

「榎本君の人柄が一番だろうけど、そこまでの努力もしてきたということだ。今回の小笠原の件は思い切り処遇意見を書いてみてくれ」

処遇意見の発案は監察係長が初めに草案を書き、監察官、首席監察官、人事一課長が順に決裁を行う。その後、警務部長、副総監、警視総監の決裁を受けるのだが、部長以上が処分に異を唱えることはほとんどなかった。

小松署長以下六人の処分が決まったのは大脇巡査部長が退院して二週間後のことだった。大脇も家族も訴訟を提起する意志はなかった。

警視総監が兼光一課長を総監室に呼んで一件の下命を行った。

「パワーハラスメントの防止に関する通達の素案作りを命ぜられたよ」

兼光一課長が榎本を自室に呼んで言った。これはすなわち、自分に素案の原案作りを命じていることが榎本には阿吽《あうん》の呼吸で理解できた。

「期限は一週間ほどいただけるのでしょうか？」

「五日ではダメか」

「他省庁や企業にそのようなものがあるものか、確認したいと思っております」

「警察ならではのパワハラもあるだろう。警察のように下克上が日常の組織は他にはないのだからね」

兼光一課長の言うことはすぐに理解できた。キャリアの中には下克上はありえない。ノンキャリの執行官にのみ存在するのが昇任試験制度に伴う下克上だった。榎本も二十四歳で巡査部長になった時の最初の部下が自分の父親よりも年上の班長だった。二十六歳で警部補になった時の直属の部下は三十五人でその平均年齢が四十七歳だった。三十一歳で警部になった時は部下が八十人で平均年齢が四十八歳だった。

「わかりました。これまでの経験を生かして作成してみます」

自席に戻ると榎本は早速素案作りを始めた。

「ハラスメントか。恨みを晴らすわけではないが、被害者の心情を考えたものを作らなければならないな」

三日間泊まり込みで榎本は作業に取り組んだ。思えば小笠原に行ってからこの日まで、全く週休というものがなかった。と言っても小笠原の最後はほぼ観光だったし、親しくなった島民と連夜の酒盛りだった。

＊

三週間ぶりに逢った菜々子の機嫌がいいわけがなかった。

「博史さんはワーカホリックって言葉、知ってるよね」

「仕事中毒のことだろう」

何を聞かれるかと内心落ち着かない榎本だったが、素知らぬ顔で答えた。

「よく、婚約者を三週間も放置できると思ってね」

言葉の一つ一つに棘があった。

「何人もの人生を変える措置をとっていたんだ。おまけに一人は危うく人生を終えるかもしれないところだったんだ」

菜々子の目を見て理解を求めるように言った。

「あの自殺未遂しちゃった人のことね。それは確かに可哀想だったけど。どうして博史さんだけ、いつもいつも忙しいの」

「個人の生命や秘密に係わることは最小限度の人員でやるしかない時があるんだ。今回は僕が一番下だったから全てを受けるしかなかったんだよ」

「ところで小笠原で写真撮ったでしょう」

最後は一生の思い出とばかりに、スマホで百枚以上の写真を撮った。

「最後に少しだけね」

見せてと言われたら何と言おう。

「小笠原って綺麗な所なのでしょう。綺麗な女の子もいた？」

「硫黄島の激戦地も悲しいくらい綺麗だった」

菜々子は手を差し出している。渋々榎本はロックを解除して菜々子に差し出した。

「ふーん。海がきれいね。鮫……イルカもいっぱい……ねえ、何、これ」

連日の大宴会の写真を菜々子が拡大しながら見ている。

「まあ、慰労会ってところかな。向こうの方がセットしてくれたんだから仕方ないだろう」

「お兄さん、女の子に囲まれてデレデレだね」

「そういう店もあるんだよ」

榎本は得意のポーカーフェースが崩れていくのを感じる。

「随分リフレッシュされたみたいで。どんなに忙しくても遊ぶ時間をつくるのがエリートだって言っていたもんね」

榎本が返す言葉もなくだんまりを決め込んでいた時、玄関のチャイムが鳴った。宅配便だった。

「菜々子、小笠原から贈り物だ」

島バナナとパッションフルーツが詰まった二箱、ダイビングスクールの二種類のTシャツがお揃いで二枚ずつ、そして小笠原の様々な海岸の砂が入ったいくつかの小瓶。

「海岸ごとに砂の色がこんなに違うのね」

菜々子の顔が一気にほころんだ。

本書は文庫書下ろしです。

この作品は完全なるフィクションであり、
登場する人物や団体名などは、
実在のものといっさい関係ありません。

|著者|濱 嘉之　1957年、福岡県生まれ。中央大学法学部法律学科卒業後、警視庁入庁。警備部警備第一課、公安部公安総務課、警察庁警備局警備企画課、内閣官房内閣情報調査室、再び公安部公安総務課を経て、生活安全部少年事件課に勤務。警視総監賞、警察庁警備局長賞など受賞多数。2004年、警視庁警視で辞職。衆議院議員政策担当秘書を経て、2007年『警視庁情報官』で作家デビュー。主な著作に「警視庁情報官」シリーズ、「オメガ」シリーズ、「ヒトイチ　警視庁人事一課監察係」シリーズ、『鬼手　世田谷駐在刑事・小林健』『電子の標的』『列島融解』などがある。現在は、危機管理コンサルティングに従事するかたわら、ＴＶや紙誌などでコメンテーターとしても活躍している。

ヒトイチ　内部告発《ないぶこくはつ》　警視庁人事一課監察係《けいしちょうじんじいっかかんさつがかり》
濱《はま》 嘉之《よしゆき》

講談社文庫
定価はカバーに
表示してあります

2016年５月13日第１刷発行

発行者――鈴木　哲
発行所――株式会社　講談社
東京都文京区音羽2-12-21　〒112-8001
電話　出版（03）5395-3510
　　　販売（03）5395-5817
　　　業務（03）5395-3615

デザイン―菊地信義
本文データ制作―講談社デジタル製作部
印刷―――株式会社廣済堂
製本―――加藤製本株式会社

Printed in Japan

ISBN978-4-06-293393-3

講談社文庫刊行の辞

二十一世紀の到来を目睫に望みながら、われわれはいま、人類史上かつて例を見ない巨大な転換期をむかえようとしている。

世界も、日本も、激動の予兆に対する期待とおののきを内に蔵して、未知の時代に歩み入ろうとしている。このときにあたり、創業の人野間清治の「ナショナル・エデュケイター」への志を現代に甦らせようと意図して、われわれはここに古今の文芸作品はいうまでもなく、ひろく人文・社会・自然の諸科学から東西の名著を網羅する、新しい綜合文庫の発刊を決意した。

激動の転換期はまた断絶の時代である。われわれは戦後二十五年間の出版文化のありかたへの深い反省をこめて、この断絶の時代にあえて人間的な持続を求めようとする。いたずらに浮薄な商業主義のあだ花を追い求めることなく、長期にわたって良書に生命をあたえようとつとめるところにしか、今後の出版文化の真の繁栄はあり得ないと信じるからである。

同時にわれわれはこの綜合文庫の刊行を通じて、人文・社会・自然の諸科学が、結局人間の学にほかならないことを立証しようと願っている。かつて知識とは、「汝自身を知る」ことにつきていた。現代社会の瑣末な情報の氾濫のなかから、力強い知識の源泉を掘り起し、技術文明のただなかに、生きた人間の姿を復活させること。それこそわれわれの切なる希求である。

われわれは権威に盲従せず、俗流に媚びることなく、渾然一体となって日本の「草の根」をかたちづくる若く新しい世代の人々に、心をこめてこの新しい綜合文庫をおくり届けたい。それは知識の泉であるとともに感受性のふるさとであり、もっとも有機的に組織され、社会に開かれた万人のための大学をめざしている。大方の支援と協力を衷心より切望してやまない。

一九七一年七月

野間省一